Marido y amante

Jacqueline Baird

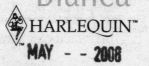

Blanca™

HARLEQUIN™

Editado por HARLEQUIN IBÉRICA, S.A.
Hermosilla, 21
28001 Madrid

I.S.B.N.: 978-84-671-5539-6
Depósito legal: B-43130-2007
Editor responsable: Luis Pugni
Composición: M.T. Color & Diseño, S.L.
C/. Colquide, 6 - portal 2-3º H, 28230 Las Rozas (Madrid)
Fotomecánica: PREIMPRESIÓN 2000
C/. Algorta, 33. 28019 Madrid
Impresión y encuadernación: LITOGRAFÍA ROSÉS, S.A.
C/. Energía, 11. 08850 Gavá (Barcelona)
Fecha impresion para Argentina: 12.5.08
Distribuidor exclusivo para España: LOGISTA
Distribuidor para México: CODIPLYRSA
Distribuidores para Argentina: interior, BERTRAN, S.A.C. Vélez
Sársfield, 1950. Cap. Fed./ Buenos Aires y Gran Buenos Aires,
VACCARO SÁNCHEZ y Cía, S.A.
Distribuidor para Chile: DISTRIBUIDORA ALFA, S.A.

Capítulo 1

INGLATERRA en febrero no era su lugar favorito, pensó malhumorado Leon Aristides mientras una lluvia helada caía dificultándole la visión de la carretera. Pero la carta que había recibido el día anterior por la mañana en su oficina de Atenas de un tal señor Smyth, un socio de una firma londinense de abogados, y la documentación adjunta, le habían dejado totalmente anonadado.

Por lo visto, el hombre en cuestión había leído un artículo en el *Financial Times* que mencionaba el descenso del valor de las acciones de Aristides International. En ese artículo, Leonidas Aristides había explicado que lo sucedido era una reacción comprensible del mercado ante el trágico accidente que había terminado con las vidas de su hermana y de su padre, el director de la compañía; sin embargo, se había apresurado a señalar que el precio de las acciones se recuperaría rápidamente.

El dicho señor Smyth lo había informado de que Delia Aristides era cliente suya y que deseaba confirmar su muerte, ya que su firma poseía un testamento redactado por la señora y del cual el propio abogado era el ejecutor.

Lo primero que pensó Leon fue que debía de ser algún intento de fraude motivado por la mención de su nombre en el periódico, lo que ya era de por sí una circunstancia poco habitual. El nombre de los Aristides aparecía alguna vez en la prensa económica, pero raramente en la generalista. Familia de banqueros, pertenecían a esa élite de adinerados que no cortejaban ni la fama ni la publicidad, sino que se concentraban en su fortuna. Guardaban su intimidad de forma tan celosa que el gran público apenas sabía de su existencia. Pero tras hablar por teléfono con el señor Smyth, Leon se había dado cuenta enseguida de que ese hombre iba en serio y de que si no actuaba deprisa el anonimato de la familia corría el riesgo de desaparecer precipitadamente. Leon había quedado en llamarle más tarde. Después de esa conversación, por fin se tomó la molestia de revisar la caja de seguridad de su hermana, algo que tendría que haber hecho hacía tiempo y que la presión del trabajo le había impedido.

Como esperaba, allí encontró las joyas que su madre le había dejado a su hermana. Pero también había una copia de un testamento redactado hacía dos años por el mismo señor Smyth de Londres, firmado y testificado con arreglo a la ley. Un testamento que, además, dejaba sin valor el que el abogado de la familia tenía en Atenas y que Delia había hecho a la edad de dieciocho años siguiendo el consejo de su padre. La información que contenía el nuevo testamento lo enfureció, pero se contuvo y llamó a uno de sus abogados. Devolvió la llamada al señor Smyth y concertaron una cita para el día siguiente. Aquella mañana al despuntar el día se montó en su jet privado para volar a Londres. La entrevista no hizo sino confirmar las malas noticias.

Al parecer, nada más recibir la confirmación verbal de Leon sobre la muerte de Delia, y cumpliendo con las instrucciones que tenía, el abogado había redactado una carta para una tal señorita Heywood. En ella la informaba de que Delia había muerto y de que ella era una de las beneficiarias del testamento. Leon no podía hacer nada por el momento, pero había obtenido la promesa del señor Smyth de que guardaría absoluta discreción al respecto, y se habían despedido con un apretón de manos. El señor Smyth era honrado, pero no tonto: sabía que no había que importunar de forma gratuita a una compañía como Aristides International.

Leon metió el coche de alquiler en la entrada. En condiciones normales, solía viajar en una limusina con chófer, pero en ese caso era preciso mantener el mayor de los secretos hasta poder evaluar la situación. Detuvo el coche y echó un vistazo a la casa. Situada al abrigo de las colinas de Costwold, era una casa construida en piedra.

Se veía una luz encendida en una de las ventanas de la planta baja, lo que apenas podía extrañar teniendo en cuenta la oscuridad del día. Con un poco de suerte, era un indicio de que Helen Heywood estaba en la casa. Se le había pasado por la cabeza telefonearle, pero luego pensó que era mejor no avisarla de su llegada. El elemento sorpresa era la mejor arma en una batalla, y ésa estaba decidido a ganarla.

Un destello de depredador iluminó sus oscuros ojos. Salió del coche, puso los pies sobre el camino de grava y cerró la puerta de golpe. A menos que ella ya hubiera recibido la carta del señor Smyth, la señora estaría en la casa a punto de recibir una sorpresa de cuidado.

De nuevo ninguna señal. Helen, con el ceño fruncido, volvió a poner el teléfono en la mesa del vestíbulo. Su mejor amiga, Delia Aristides, llevaba un ritmo de vida frenético, pero solía llamarla todas las semanas y la visitaba por lo menos una vez al mes. En realidad, desde que Delia había regresado a Grecia el pasado mes de julio, había dejado pasar de vez en cuando una o dos semanas sin dar señales de vida, pero esa vez habían transcurrido ya más de seis semanas sin una llamada. Lo más preocupante era que, después de cancelar sus tres últimas visitas, Delia había prometido a su hijo, Nicholas, que los visitaría con toda seguridad en Año Nuevo, pero una vez más había cambiado de planes en el último minuto. Helen no había tenido noticias de Delia desde entonces.

Se mordió el labio inferior en un gesto de preocupación. No estaba bien que les hiciese eso. Nicholas había pasado la mañana entera en la escuela de preescolar. Tras ir a recogerlo, le había preparado la comida, y ahora el niño estaba echándose la siesta de todas las tardes. Sabía que se despertaría en una hora o tal vez menos, y quería contactar con Delia antes de que eso ocurriese, pero sólo tenía el número del móvil de Delia.

Con una mueca, Helen recogió de la mesa del vestíbulo el correo que aún no había tenido tiempo de abrir. Quizás Delia había escrito, pero era una esperanza vana. Su amiga nunca le había enviado una carta; a lo sumo, alguna tarjeta de felicitación por Navidad o con motivo de un cumpleaños. El teléfono y el correo electrónico eran su forma favorita de comunicación.

Sonó el timbre, dejó las cartas y, con un suspiro, se preguntó quién podría ser a esas horas de la tarde.

—Está bien, está bien, ya voy —refunfuñó al oír que llamaban al timbre una y otra vez. Quienquiera que fuese, era evidente que no poseía el don de la paciencia, pensó mientras bajaba al vestíbulo para abrir la puerta.

«Leon Aristides», se dijo al verlo. Helen se puso tensa. Su mano apretaba con fuerza el picaporte de la puerta, incapaz de creer lo que le decían sus ojos. Por un instante se preguntó si había olvidado ponerse las lentillas y lo que veía era producto de su imaginación.

—Hola, Helen —aunque ella era algo miope su oído funcionaba a la perfección.

—Buenas tardes, señor Aristides —respondió educadamente, tratándolo de usted.

Su mirada perpleja se centró por un segundo en el aspecto físico del visitante. Medía más de un metro ochenta, e iba vestido con un impecable traje oscuro, camisa blanca y corbata de seda. No había cambiado mucho pese a los años transcurridos desde su último encuentro. Era tan fuerte, moreno y adusto como lo recordaba.

Tenía los ojos oscuros, los pómulos angulosos, una nariz grande y recta y una boca ancha. Por sus rasgos, se diría que era más duro que guapo. Pero era físicamente atractivo en un sentido primitivo y masculino. Lamentablemente para Helen, todavía tenía sobre ella el mismo efecto perturbador que cuando se conocieron, provocándole una repentina agitación en el estómago que achacó sin pensárselo dos veces a los nervios. No era posible que aún le tuviera miedo. Ya no tenía diecisiete años, sino veintiséis.

–¡Qué sorpresa! ¿Qué está haciendo aquí? –preguntó por fin, mirándolo con recelo.

Lo había conocido hacía nueve años, en unas vacaciones con Delia en la casa de veraneo que la familia de su amiga tenía en Grecia. Se había llevado la impresión de que se trataba de un hombre arrogante y cínico, pero también poderosamente masculino.

Un día Helen estaba caminando por la playa cuando alguien a lo lejos, con una voz profunda, le preguntó a voces quién era. No tuvo dificultades para entenderlo en griego. Mirando el mar, había visto a un hombre de pie en la orilla. Sabía que era una playa privada, pero como invitada de Delia tenía todo el derecho a estar allí. A su vez, había respondido a voces, y en su inocencia se encaminó hacia el hombre, haciendo un esfuerzo por distinguirlo mejor. Al verlo con más claridad, le dijo su nombre con una sonrisa y le tendió la mano. Luego, con la mano aún suspendida en el aire, se detuvo y se quedó mirándolo fijamente.

Era un hombre alto y fuerte, con una toalla blanca enrollada en torno a una esbelta cintura. La musculatura de su magnífico y bronceado cuerpo estaba tan claramente definida que el propio Miguel Ángel no lo podría haber esculpido mejor.

Sus miradas se encontraron, y ella se quedó sin respiración. Algo oscuro y peligroso arremolinado en las negras profundidades de sus ojos le había acelerado el pulso. Sus instintos más primitivos le decían que saliese corriendo, pero estaba paralizada por la presencia física de aquel hombre. Cuando finalmente éste habló, le hizo un comentario tan mordaz y cruel que su eco nunca había dejado de resonar en la cabeza de Helen.

–Me siento adulado, y obviamente tú estás disponible, pero yo soy un hombre casado. La próxima vez deberías preguntar antes de comerte a alguien con los ojos –y dicho esto, se fue caminando.

Nunca antes, ni después, Helen se había sentido tan avergonzada.

–Pensaba que estaba claro –el sonido de su voz la devolvió bruscamente al presente–. He venido a verte. Tenemos que hablar –él sonrió, pero ella notó que la sonrisa no tenía reflejo en la expresión de sus ojos.

Helen no quería hablar con él. Después de aquel primer encuentro, durante el resto de su estancia en Grecia, había intentado evitarlo. En realidad, había sido bastante fácil para las dos jóvenes pasar inadvertidas. En las raras ocasiones en las que Helen no había tenido más remedio que coincidir con él, le había hablado de forma educada pero distante. Cuando Tina, la hermosa mujer de Leon, llegó poco antes de que finalizaran las vacaciones de Helen en la isla, ésta no pudo dejar de preguntarse qué era lo que aquella despreocupada mujer estadounidense habría visto en un hombre tan frío y displicente. Para Helen, el desagradable comentario que le había hecho Leon, junto con el trato correcto pero distante del viejo señor Aristides, hacia ella y hacia su propia hija, no hacía otra cosa sino confirmar lo que Delia le había confesado en la escuela.

Según Delia, el supuesto motivo por el que vivía interna en un colegio de Inglaterra en vez de estar en su casa en Grecia era que su padre y su hermano habían acordado que debía mejorar su inglés. Pero la realidad era que ambos habían decidido que le convendría la disciplina de un internado femenino. Por lo visto, la habían sorprendido fumando y coqueteando con el hijo de un pescador. No era para tanto, según Delia, quien personalmente creía que tenía más que ver con el hecho de que su madre se había suicidado cuando ella tenía veinte meses a causa de una depresión posterior a su nacimiento. Su padre la había culpado por la muerte de su esposa, y prefería perderla de vista.

En palabras de Delia, su padre y su hermano eran unos arrogantes cerdos machistas; banqueros ricos y ultraconservadores dedicados por completo al negocio familiar de amasar dinero que elegían a las mujeres siguiendo ese mismo criterio económico. A diferencia de su madre y de su cuñada, Delia no había tenido intención de casarse en beneficio de la empresa familiar. Había decidido permanecer soltera hasta cumplir, al menos, los veinticinco. A esa edad, su padre ya no podría impedir que heredase las acciones del banco que su madre le había legado en fideicomiso. Helen la había ayudado a lo largo de los años a conseguirlo.

Con el recuerdo de la pobre opinión que Delia tenía de su hermano, Helen miró fijamente al hombre alto y de anchas espaldas que tenía enfrente. La lluvia torrencial había empapado su pelo negro, pero aún desprendía el mismo poderoso halo de agresiva virilidad que tanto la había asustado cuando se conocieron.

–¿Me vas a permitir entrar, o sueles dejar a las visitas empapadas y congeladas en el umbral? –bromeó.

–Lo siento, no, yo… –tartamudeó–. Entre.

Ella retrocedió un poco y él, antes de pasar al vestíbulo, se limpió los pies en el felpudo. Helen, haciendo un esfuerzo por mantener la calma, cerró la puerta y se volvió hacia Leon.

–No se me ocurre de qué tenemos que hablar usted y yo, señor Aristides.

¿Por qué estaba Aristides allí? ¿Había revelado Delia

a su familia finalmente la verdad? Pero de ser así, ¿por qué no había llamado y se lo había dicho a Helen? De pronto, el no haber tenido noticias de Delia durante tanto tiempo la asustó. Había estado preocupada por Nicholas, pero ahora estaba más preocupada por su amiga.

–De Nicholas.

–¡Ya lo sabe! –Helen exclamó mientras lo miraba atónita con sus ojos violeta–. Así que Delia se lo contó por fin –dijo apesadumbrada.

Siempre había sabido que cuando llegase el momento Delia revelaría a su familia que Nicholas era hijo suyo y que asumiría la custodia del niño, pero no esperaba que sucediera al menos hasta dentro de otros tres meses. Tampoco esperaba que la perspectiva de convertirse en una especie de tía honorífica, en una visitante en la vida de Nicholas, pudiese resultarle tan dolorosa.

–No, Delia no –repuso Leon con sequedad–. Un abogado.

–Un abogado…

Helen estaba totalmente desorientada y la mención del abogado le hizo tener un presentimiento. Para ganar tiempo y poder recomponer sus ideas, atravesó el vestíbulo y abrió la puerta que daba al amplio y agradable salón.

–Estará más cómodo aquí –dijo indicando a Leon uno de los dos sofás que flanqueaban la chimenea, donde ardía el fuego–. Por favor, siéntese –le pidió con educación, mientras entrelazaba las manos en un gesto nervioso–. Le traeré un café, debe de haberse quedado frío. Hace un día horrible.

Se dio cuenta de que una gota de agua se deslizaba desde su espeso cabello negro hasta su pómulo.

–Y necesita una toalla –ella sabía que estaba divagando, y rápidamente se dio la vuelta y salió a toda prisa fuera de la habitación. Le flaqueaban las piernas y su mente estaba demasiado acelerada. Tomó el bolso de la mesa del vestíbulo y entró en la cocina.

Leon Aristides notó su nerviosismo; de hecho, se había dado cuenta de todos los detalles desde el mismo momento en que ella abrió la puerta, desde los vaqueros que abrazaban su cintura hasta el suéter azul que perfilaba sus firmes pechos. Ahora tenía el pelo mucho más largo; era lo único que la hacía parecer mayor que cuando se conocieron. En aquella ocasión ella había sido encantadora y, como fruta madura, estaba lista para ser probada, algo que él estuvo muy cerca de hacer.

Leon había llegado de noche a la casa que la familia tenía en la isla, y a la mañana siguiente, temprano, había estado nadando desnudo en el mar. Al salir del agua la había visto caminar hacia él. Su pelo rizado enmarcaba un rostro pálido con unos ojos enormes, una nariz pequeña y recta y una boca de labios carnosos. Ella llevaba un vestido blanco de algodón, de manga larga, que le llegaba hasta los tobillos. En principio, debería haber sido un vestido recatado y, sin embargo, con el sol detrás, era casi transparente. Debajo del vestido llevaba unas pequeñas bragas blancas.

Leon se movió incómodo en el asiento al recordar aquellos pechos redondos y altos, la fina cintura, el femenino contoneo de sus caderas y las piernas torneadas mientras se aproximaba, con aquella mirada deliberadamente fija sobre él. Se había preguntado quién era esa mujer y qué estaba haciendo allí.

Sin un atisbo de vergüenza por la desnudez del griego, ella había dicho que le gustaban las primeras horas de la mañana antes de que el sol calentara demasiado, pero él ya estaba caliente sólo de mirarla. La joven continuaba acercándose y él se envolvió con una toalla.

–Soy Helen, la amiga de Delia del colegio –le había tendido la mano a menos de un metro de distancia.

Aquellos ojos de largas pestañas con que le había mirado eran de un suave color violeta, y parecían esconder algún tipo de promesa. Sorprendido, se sintió tentado de tomar lo que tan descaradamente ella le estaba ofreciendo, hasta que se dio cuenta de que tendría tan sólo unos quince años, la misma edad de su hermana. La rechazó con unas palabras burlonas, asqueado más de su propia reacción que de la de la joven.

Cuando Helen abrió la puerta, y lo miró con esos enormes ojos violeta, él había vuelto a sentir aquel mismo deseo. Y era curioso, pensó, porque no era para nada su tipo de mujer. Prefería las morenas altas y esbeltas, como su amante actual, Louisa, una sofisticada francesa. No la había visto desde hacía dos meses, lo que probablemente explicaba su inesperada reacción sexual hacia Helen Heywood. Ésta era todo lo contrario de Louisa; una rubia clara de piel pálida que no debía de medir mucho más de un metro cincuenta. Además, por si lo anterior no fuera suficiente, el inocente aspecto de la señorita Heywood tenía pinta de encubrir a la mujer más ladina y ávida de dinero con que se había topado jamás, y eso que había conocido a unas cuantas.

Pensando en ello, concluyó con arrogancia que esa mujer no estaba a su altura, y cerró por unos instantes los ojos. Estaba cansado, y para un hombre que vivía dedicado por completo a su trabajo aquello era una especie de confesión, pero las últimas semanas habían sido un infierno.

Todo había comenzado cuando, hacía un mes, había descolgado el teléfono en la oficina del Banco Internacional Aristides de Atenas. Su padre y su hermana habían sufrido un accidente; recordaba aquel día hasta en sus más mínimos detalles.

Con una expresión terriblemente malhumorada, había recorrido todo el hospital hasta las puertas del quirófano. Nadie del personal del hospital con quien se había cruzado se había atrevido a dirigirle la palabra, pero todos sabían que era Leonidas Aristides, el banquero internacional con oficinas en Atenas, Nueva York, Sidney y París, tan adinerado como un jeque árabe, y a punto de serlo aún más después de los trágicos sucesos del día.

Se había parado fuera de las dobles puertas del quirófano, preguntándose cuánto tiempo llevaban ahí dentro. Echó un vistazo a su reloj y ahogó un gemido: apenas habían transcurrido cuarenta minutos. Ni siquiera había pasado una hora desde que habían introducido en camilla el cuerpo destrozado de su hermana Delia a través de las puertas metálicas del quirófano. Y sólo tres horas desde la llamada de teléfono que había recibido en el banco informándolo del accidente de coche que había matado a su padre en el acto y herido gravemente a su hermana. La misma llamada que le comunicó que Delia había sido evacuada en una ambulancia aérea desde la isla de la familia hasta el mejor hospital de Atenas.

Le costó mucho creer lo que había sucedido. Habían pasado las Navidades y Año Nuevo todos juntos en la isla, pero él se había marchado temprano la tarde siguiente para pasar un par de semanas en Nueva York. Dando por supuesto que su padre y Delia habían regresado a la casa de la ciudad hacía un par de días y esperando reunirse con su padre en el banco, había volado a Atenas esa mañana temprano.

¿Cómo diablos había ocurrido? Se lo había preguntado un millón de veces, y también al personal del hospital, a la policía e incluso al ministro. De todo lo que se había enterado era de que Delia se dirigía al puerto con su padre cuando aparentemente perdió el control del coche y terminó en un barranco. En cuanto al equipo de cirujanos de élite que Leon había exigido y obtenido, se habían mostrado reacios a dar una opinión sobre las posibilidades que Delia tenía de salvarse. Lo único que decían era que se encontraba en estado crítico pero que harían todo lo que estuviera en sus manos. Leon había cruzado el hospital para hundirse en un asiento orientado en dirección al quirófano. Había reclinado la cabeza contra la pared y cerrado los ojos en un intento de bloquear la realidad de la situación.

Su padre estaba muerto y él sabía que lloraría su muerte, pero su hermana estaba luchando por salir adelante tras esas puertas cerradas, y él nunca se había sentido más impotente en su vida.

Una sensación de *déjà vu* lo envolvía. Dos personas distintas, un momento diferente y, rezaba por ello, otro resultado. Cuatro años antes, en junio, estaba en Nueva York sentado en un hospital privado muy parecido a ése, esperando mientras operaban a Tina, su esposa, después de otro accidente de tráfico. El pasajero en aquella ocasión había sido el monitor de gimnasia de su mujer, que había muerto en el acto.

Esbozó una sonrisa amarga y cínica. Más tarde el cirujano le dijo apesadumbrado que su mujer había muerto en la mesa de operaciones, pero que había dado a luz a la criatura que llevaba dentro. Era un niño. Por un instante sintió un estallido de esperanza hasta que el doctor, que había evitado mirarlo a los ojos, añadió:

—Aunque el niño está bien desarrollado, ha resultado gravemente herido y sus posibilidades de sobrevivir son escasas —unas horas más tarde el niño también murió.

Leon abrió los ojos y, rogando en silencio que ese accidente tuviera un final más feliz, se levantó para hablar con el cirujano.

—La operación ha sido un éxito y su hermana está ahora en cuidados intensivos —Leon exhaló un poderoso suspiro de alivio, pero no duró mucho al escuchar cómo continuaba el médico—: Pero hay complicaciones graves. Ha perdido mucha sangre y sus riñones están fallando. Desgraciadamente, las secuelas que el consumo de drogas ha dejado en su organismo no la están ayudando. Pero estamos haciendo todo lo que podemos. Puede pasar un momento y verla; la enfermera le mostrará el camino.

Cuando dos horas después su hermana murió, aún le estaba dando vueltas al asunto de las drogas.

Con los ojos abiertos, Leon observó el acogedor salón de estilo inglés. De haber pensado que lo de las drogas era lo peor que podía haber hecho su hermana durante su corta vida, el día anterior se habría demostrado que estaba en un error.

La culta e inteligente mujercita que había creído era su hermana, había crecido hasta llegar a protagonizar una doble vida durante años con la ayuda de Helen Heywood. Una mujer con la que su hermana, según le dijo ella misma y como recordaba con toda claridad, había perdido contacto cuando ésta se había ido a Londres a estudiar a la universidad.

Incluso para un hombre tan cínico como él, en particular en lo concerniente al bello sexo, las mentiras y las dotes de actuación que Delia había desplegado durante los últimos años le dejaban estupefacto. Había querido a su hermana, y aunque tal vez no se lo demostró como debía, se sentía dolido por el engaño. Para un hombre que nunca se había permitido mostrar sus emociones y que no dudaba en despreciar a cualquiera que lo hiciese, no era nada fácil reconocerlo, y sabía exactamente a quién culpar. Su hermana ya no estaba, pero la señorita Heywood tenía mucho de lo que responder, y él personalmente se encargaría de que así fuese.

Capítulo 2

HELEN permaneció de pie en la cocina intentando pensar con claridad mientras preparaba el café. Leon Aristides estaba allí, en su casa, y sabía de la existencia de Nicholas, aunque podía ser peor, se dijo a sí misma. Estaba al corriente de que Delia tenía un hijo ilegítimo y, desde luego, de que Helen lo cuidaba. Era posible que Delia se lo hubiera dicho finalmente a su padre, y quizás éste había consultado la situación con un abogado, quien, a su vez, se lo habría comunicado a Leon. Pero todo era muy extraño y había demasiados cabos sueltos.

Al menos Delia podía haberla avisado, pensó, molesta con su amiga por haberla puesto en semejante posición. Sacó el teléfono móvil del bolso que estaba en la mesa de la cocina y volvió a marcar el número de Delia. Seguía apagado.

Cinco minutos más tarde, tras subir una toalla del baño del sótano, entró de nuevo al salón llevando una bandeja con el café.

–Siento haber tardado tanto –colocó la bandeja en la mesa y le dio la toalla a Leon. Éste la aceptó con un lacónico «gracias» y, tras enjugarse velozmente la cara, comenzó a secarse el espeso pelo negro. Despeinado como se encontraba, el parecido con Nicholas resultaba asombroso–. ¿Solo o con leche, señor Aristides? –preguntó sin demasiado entusiasmo.

–Solo, con una cucharadita de azúcar. Y llámame Leon, no me trates de usted. Al fin y al cabo, somos viejos amigos.

–Si tú lo dices –susurró, y sirvió el café. En cuanto a lo de «viejos amigos», debía de estar bromeando, pensó Helen. Le pasó la taza, y cuando los dedos de él rozaron los suyos sintió un ligero estremecimiento. Sus miradas se encontraron y durante un instante ella percibió algo siniestro.

Extrañamente nerviosa, pero dispuesta a que no se le notara, Helen se sirvió una taza de café.

–¿Quizás ahora puedas explicarme por qué un abogado te reveló lo de Nicholas? ¿Le contó Delia a vuestro padre finalmente la verdad y éste contactó con un abogado? –le inquirió a Leon.

Él apuró el café y puso la taza en la mesa. Sus ojos oscuros la contemplaban con descaro.

–¿La verdad?; imagino que con esa palabra quieres decir que mi trastornada hermana tuvo un hijo fuera del matrimonio, un hijo del que su familia no sabía nada. Un hijo del que tú te has hecho cargo desde que nació… ¿Es ésa la verdad a la que te refieres?

Su fría mirada advirtió el gesto de culpa que fugazmente se había dibujado en el rostro de Helen.

–Que mi propia hermana pudiera ser tan retorcida como para privar a su padre de un nieto, es increíble, pero que tú, en connivencia con tu abuelo, fueras cómplice de todo ello, resulta sencillamente vergonzoso, si no criminal.

–Espera un momento –le interrumpió Helen–. Mi abuelo falleció varios meses antes de que Nicholas naciera.

–Lo lamento. Discúlpame por lo que he dicho de tu abuelo, pero en todo caso eso no justifica lo innoble de tu actuación –afirmó resueltamente.

–Por lo que a mí respecta –replicó Helen con firmeza–, lo único vergonzoso en todo esto es que tu padre obligase a Delia a comprometerse con un primo lejano cuando volvió a Grecia el pasado verano. Un pretendiente elegido por él con objeto de mantener el patrimonio dentro de la familia. Tu hermana no está trastornada, muy al contrario. Delia siempre supo que su padre tarde o temprano intentaría casarla, y se preparó para ello. Intentó postergarlo lo más posible. Por eso cambió las clases que estaba tomando en la universidad después del primer curso. De ese modo podría prolongar sus estudios un año más. Y por la misma razón, una vez graduada, decidió prepararse como profesora durante otro curso más.

Helen no puedo evitar salir en defensa de su amiga. No sentía ninguna simpatía por Leon Aristides y, desde luego, tampoco le había gustado el despectivo comentario que había hecho sobre Delia.

—Parece que sabes más que yo —declaró Leon con ironía mientras clavaba su mirada en el pequeño rostro de Helen. Ella se sintió inexplicablemente amenazada.

Confusa, cerró un instante los párpados para ocultar aquellos ojos demasiado expresivos. No era propio de ella hablar sin pensar lo que decía. Tenía la perturbadora sensación de que iba a necesitar de todo su autocontrol para plantarle cara a Leon Aristides.

—Ignoro lo que sabes o dejas de saber —dijo con un leve encogimiento de hombros—. Pero obviamente Delia ha cambiado de idea sobre Nicholas o no estarías aquí —prosiguió—. Hablé con ella hace algunas semanas y en ningún momento me dijo nada. Por lo que sé, aún no tiene intención de casarse con ese hombre y únicamente accedió al noviazgo como una forma de tener contento a su padre hasta cumplir los veinticinco años en mayo y poder heredar entonces lo que su madre le dejó. Será entonces, cuando su padre no pueda ejercer ningún control sobre ella, cuando haga pública la existencia de su hijo.

—Nunca tendrá ocasión de hacerlo.

—¡Dios, Delia tenía razón con respecto a ti! —exclamó—. Eres un…

—Delia ha muerto, al igual que mi padre —la interrumpió de forma brutal—. Estaban en la isla y Delia conducía el coche en dirección al puerto cuando se salieron de la carretera y se precipitaron por un barranco –dijo sin emoción alguna, como si lo hubiera repetido mil veces–. Mi padre murió en el acto, y Delia unas horas más tarde en el hospital, sin haber llegado nunca a recobrar la consciencia –Helen se quedó contemplándolo en el más absoluto silencio. No podía creerlo. No quería creerlo.

–Muerta… Delia está muerta –susurró con apenas un hilo de voz–. No puede ser –acertó a decir, horrorizada, mirando a Leon con los ojos abiertos como platos–. Tiene que ser una broma de mal gusto –hacía tan sólo media hora, estaba preocupada porque Delia no había llamado, y ahora se suponía que tenía que aceptar su muerte.

–El accidente tuvo lugar el quince de enero. El doble funeral se celebró tres días después.

De pronto, como si de una ola gigante y brutal se tratara, la inundó todo el horror de la noticia. En ese instante supo que Aristides decía la verdad. Destrozada, con un nudo en el corazón, cerró los ojos en un gesto inútil mientras trataba de contener las lágrimas.

Delia… hermosa, valiente y testaruda Delia, su amiga y confidente. Muerta. Su memoria se llenó de recuerdos, como cuando se conocieron. La suya había sido una amistad improbable entre dos polos opuestos: la extroversión griega y la introversión inglesa.

Cuando Helen tenía dieciséis años había perdido muchas clases a causa del accidente en el que ella resultó gravemente herida y sus padres fallecieron. Su padre trabajaba como consultor informático para un banco suizo en Ginebra y los tres habían ido a pasar un fin de semana esquiando en los Alpes. Un alud de nieve sepultó a sus padres y a ella la arrojó violentamente contra un árbol. Cuando transcurridas unas horas la rescataron, tenía la pelvis fracturada y, lo que aún era peor, había perdido la visión. Bien se tratase de una ceguera producida por la nieve o de una reacción psicológica tras presenciar la muerte de sus padres, el hecho era que le llevó mucho tiempo recuperar la vista.

Regresó a Inglaterra a vivir con su abuelo, donde lentamente se fue restableciendo. Al final retomó su educación como alumna externa en un internado que se encontraba en el campo, cerca de la casa de su abuelo. Helen coincidió con Delia en la misma clase, aunque era dos años mayor que el resto de sus compañeras. Delia salió en su defensa cuando otras chicas de la clase se burlaron de ella por las poco agraciadas gafas de cristal tintado que llevaba entonces. A partir de ese momento se hicieron grandes amigas, y Helen la invitaba a menudo a su casa durante los fines de semana. El abuelo de Delia había sido profesor de Clásicas y dominaba el griego, y la dirección de la escuela no tuvo inconveniente en dar el visto bueno a aquellas salidas.

Cuando Helen debió dejar la escuela para cuidar de su abuelo, que se había quedado en silla de ruedas por culpa de un infarto, Delia había seguido con las visitas hasta que se fue a Londres para estudiar en la universidad. Se habían mantenido en contacto por medio del teléfono y el correo electrónico, pero no se vieron durante dos años. Hasta que un fin de semana Delia reapareció de forma inesperada, con un aspecto pálido y sombrío, algo poco habitual en ella.

–Sé que esto es una noticia terrible para ti y no quiero entrometerme en tu dolor –la voz oscura y enérgica de Leon la sacó de su ensimismamiento–, pero vine aquí para ver a mi sobrino y hablar de su futuro.

Sin decir nada y con los dientes apretados en un intento de controlar su dolor, Helen miró con los ojos llenos de lágrimas a Leon Aristides, y se estremeció al ver una expresión glacial en su rostro. Si aquel hombre estaba afligido por la pérdida de su padre y de su hermana, la verdad era que lo disimulaba muy bien; era tan duro como un bloque de granito. De pronto, el miedo por el incierto futuro de Nicholas le hizo olvidar su propio sufrimiento.

–Nicholas está durmiendo arriba. Va a preescolar por las mañanas y después de la comida suele echarse la siesta –dijo con sinceridad, luchando por ordenar sus pensamientos–. No creo que sea aconsejable despertarle para contarle que su madre ha muerto –continuó Helen, casi incapaz de pronunciar aquella última palabra.

–No era ésa mi intención –repuso él mientras se llevaba la mano a su negro cabello.

Por un momento, ella creyó ver un atisbo de angustia en sus ojos oscuros.

A Helen se le ocurrió que tal vez Leon Aristides estaba más alterado de lo que parecía. De repente, recordó que Delia le había contado que la esposa y el hijo recién nacido de Leon habían muerto en un accidente de coche. Aquello debía de ser un terrible golpe para él. Ella había perdido a su mejor amiga, pero él había perdido a su padre y a su hermana, pensó compasiva.

–Aunque más tarde tendrá que enterarse; mientras tanto, quisiera ver alguna prueba de que el niño realmente existe y de que está aquí –afirmó con un sarcástico arqueamiento de cejas.

Al escuchar aquel cínico comentario, Helen se mordió la lengua al tiempo que se esfumaba toda posible simpatía por él.

–Claro –ella se dio cuenta al levantarse de que lo tenía demasiado cerca, por lo que se apartó un poco–. Sígueme –murmuró mientras se dirigía a la puerta.

Las cortinas estaban echadas, y una pequeña lámpara con forma de coche que Nicholas adoraba iluminaba la habitación. Nicholas estaba acostado bocarriba, en una cama que también representaba un coche. Llevaba unos calzoncillos blancos y una camiseta. Se hallaba profundamente dormido, con el pelo negro y rizado cayéndole sobre la frente y sus largas y negras pestañas reposando sobre las mejillas. Helen le sonrió y, con mucha suavidad, le apartó el pelo de la frente. A continuación miró a Aristides. Pudo sentir la tensión en cada uno de los músculos del poderoso cuerpo del griego mientras éste contemplaba cómo dormía el niño.

Aquel hombre le parecía a Helen cínico e insensible. Además, se sentía intimidada. No sólo era alto, sino también fuerte, de espaldas anchas y poderosos pectorales, glúteos bien formados y piernas atléticas. Sin embargo, justo en aquel instante tenía un aspecto tan vulnerable como el del niño al que estaba dedicando toda su atención.

En silencio, ella retrocedió unos pasos hacia la puerta. Pensó que debía concederle algo de privacidad. Desde luego, tenía derecho a conocer a su sobrino, aunque el tema de la custodia era cuestión aparte, se dijo Helen con determinación.

Con los ojos borrosos por las lágrimas, le vino a la memoria el rostro de Delia cuando se presentó sin previo aviso un día de febrero similar a aquél cuatro años antes. Delia estaba nerviosa pero decidida, y nada de lo que le dijo Helen le había hecho cambiar de opinión.

Delia se había quedado embarazada estando soltera a la edad de veinte años, y por nada del mundo se lo pensaba contar a su padre, así que le pidió a Helen que la ayudase a cuidar del bebé hasta heredar su propia fortuna. Cuando ese momento llegara, podría mandar a su padre a hacer gárgaras y educar a su hijo tal como ella quería.

Personalmente, Helen pensaba que era la idea más disparatada que había oído nunca, y así se lo hizo saber a su amiga. No creía que Delia pudiera mantener el embarazo en secreto, por no mencionar lo de ocultar la existencia de su hijo. Además, ¿qué había del padre? Éste, un compañero de universidad, había fallecido en un accidente de tren ocurrido en Londres que había sido portada de todos los periódicos unas semanas antes. Pero Delia lo tenía todo pensado. Como siempre, se iría a casa a pasar la Semana Santa y después regresaría a la universidad en Londres. Su padre, feliz al enterarse de que la mujer de Leon se había quedado embarazada, le prestaría aún menos atención que de costumbre.

Delia estaba convencida de que nadie se daría cuenta de su embarazo durante esas cortas vacaciones. El bebé iba a nacer la primera semana de julio y no sería difícil reservar una habitación en una clínica privada londinense para que le practicaran una cesárea a mediados de junio. Después podría dejar al niño con Helen y aún tendría tiempo para volver a Grecia para el verano sin que su familia sospechase nada. Como Helen consideraba que el plan era una locura, había intentado convencerla con ayuda de su abuelo de que lo mejor era decirle a su familia la verdad. De hecho, Helen pensó que la había persuadido cuando Delia se marchó dos días más tarde, pero Delia esta resuelta a seguir adelante.

Una mano poderosa la asió por el brazo sacándola de sus pensamientos.

—Es todo un Aristides —dijo Leon en voz baja volviéndose hacia ella—. Tú y yo tenemos que hablar seriamente —la presión de la mano y su proximidad le aceleraron el pulso a Helen—. ¿Estamos solos? —inquirió Leon.

Con la respiración entrecortada y la boca completamente seca, ella echó la cabeza un poco para atrás para ver mejor aquellos intensos ojos negros. Al darse cuenta de la reacción de Helen, él clavó la mirada primero en su boca, ligeramente entreabierta, y después, provocativamente, en los pechos que se marcaban a través de la fina lana de su suéter.

—Eres una mujer muy atractiva. ¿Acaso vives aquí con tu pareja?

—De ninguna manera —contestó ella, ruborizada, con brusquedad.

–Eso lo hace todo más fácil –murmuró él, y puso un dedo sobre los labios de Helen–. Pero no hagamos ruido, no queremos despertar al niño.

Ella sintió un extraño hormigueo en los labios a causa del roce de aquel dedo. Antes de que pudiera darse cuenta, ya estaba fuera de la habitación, descendiendo por las escaleras.

–Ya puedes soltarme el brazo –dijo Helen cuando por fin reunió energía suficiente para hablar. La mirada y el roce, intencionadamente sensuales, de Leon Aristides la habían dejado aturdida.

Le soltó el brazo sin decir palabra y, esperando que ella le siguiera, bajó las escaleras hasta el salón. Ella se detuvo un instante al pie de las escaleras para poner algo de orden en su mente, pero el resentimiento no la ayudaba. Quién narices se creía ese hombre que era para comportarse como si estuviera en su propia casa, pensó Helen.

Ya en el salón, él se había dejado caer en el sofá, había reclinado la cabeza y cerrado los ojos. Se había desabrochado la chaqueta y aflojado la corbata. Suelto el último botón de la camisa, dejaba ver un cuello robusto y bronceado. Las piernas estiradas habían tensado la tela de los pantalones, dibujando así la forma de su sexo. Helen sintió un estremecimiento al contemplar semejante físico. Leon Aristides podría ser un banquero muy conservador, pero desde luego era todo un hombre. Sus ojos violeta recorrieron fascinados aquel cuerpo formidable. Al ocurrírsele que debía de ser un magnífico amante, un ligero rubor asomó en sus mejillas.

Helen se sintió como una *voyeur*, sorprendida por esos pensamientos eróticos que nunca antes había tenido. ¿Qué demonios la estaba pasando?, se preguntó. Se frotó las palmas de las manos, súbitamente húmedas, contra los muslos, y, tragando saliva, retrocedió de forma involuntaria. Levantó la cabeza y se encontró con aquellos ojos oscuros y astutos clavados en ella.

¡Dios mío! ¿Había adivinado lo que había estado pensando?, se preguntó, y rápidamente comenzó a hablar.

–¿Te apetece otro café o alguna otra cosa?

–Alguna otra cosa...

La examinó con calma en un gesto indisimuladamente masculino. De pronto, Helen se dio cuenta de los viejos vaqueros y del suéter gastado que ella llevaba. Pero aún peor era la peculiar erección de sus pechos al ser contemplada de aquella manera.

–Sí, me apetece más alguna otra cosa –dijo él despacio y con voz ronca–. ¿Qué sugieres? –preguntó sonriendo.

La mirada de ella dejó de recrearse en sus ojos oscuros para centrarse en la curva de sus labios; labios que revelaban unos dientes blancos relucientes. Durante un instante, dejó de respirar, hipnotizada por el inesperado brillo de su sonrisa. Al advertir que de nuevo estaba observándolo fijamente, se apresuró a apartar la vista y a decir lo primero que se le cruzó por la cabeza.

–¿Prefieres té o mejor vino? Cuando vivía, mi abuelo guardaba bastantes botellas de vino tinto y como yo no bebo mucho, todavía quedan algunas –jamás le había sucedido algo así, pero Helen estaba otra vez balbuceando.

Ella no era ninguna ingenua y conocía los pormenores de la atracción sexual. Había salido con Kenneth Markham durante casi un año, hasta que él decidió marcharse con una ONG a África. Pero esto era distinto, era algo instantáneo, automático, y la hacía parecer estúpida.

–Iré por el vino –dijo ella, y salió corriendo de la habitación.

Ya en la seguridad de la cocina, respiró a fondo e intentó tranquilizarse. Todavía se encontraba conmocionada por la noticia de la muerte de Delia, pensó. Eso explicaría por qué su cuerpo había reaccionado de aquella manera tan particular ante Leon Aristides. Después de todo, ni siquiera le gustaba, y desde luego tampoco se sentía atraída por hombres que hacían ostentación de su masculinidad. Prefería a los sensibles y cariñosos, como Kenneth, aquéllos con los que se podía hablar sin sentirse intimidada. No había duda, las trágicas noticias recibidas debían de haber revolucionado sus hormonas; una anomalía física causada por la tensión del momento. Convencida de su explicación, tomó dos copas de un armario antes de dirigirse al botellero.

–Permíteme, eres bajita –casi se muere del susto cuando vio aquel brazo sobre su cabeza. Helen se giró para encontrarse con aquel maldito hombre a tan sólo unos pocos centímetros de ella.

–Ya lo hago yo –repuso con una voz algo nerviosa, molesta por la facilidad con la que su cercanía la alteraba.

–Ya está –dijo él encogiéndose de hombros y sujetando una botella de vino–. Pero puedes dejarme el sacacorchos y, de paso, ¿qué tal algo para picar? He estado demasiado ocupado buscando este lugar y no me ha dado tiempo de comer nada. Unos sándwiches no estarían mal –sugirió con la mayor tranquilidad.

Que la llamara «bajita» y su pretenciosa asunción de que le iba a dar de comer la enfureció, pero prefirió no discutir. Después de todo, era un alivio alejarse de él. Helen buscó el sacacorchos, lo dejó al lado de Leon y se dirigió al frigorífico.

–¿Qué te parece algo de queso? –le preguntó. Helen se molestó al verlo sentado a la mesa de la cocina con una copa de vino en la mano.

–Perfecto –contestó él antes de tomar un sorbo de vino.

Concentrándose en lo que tenía que hacer, Helen preparó dos sándwiches sin perderle de vista.

–Tu abuelo entendía de vino –aprobó–. De hecho, según el informe que mi padre tenía de él, tu abuelo era un profesor muy respetado, de gran inteligencia y moral intachable.

–¡Informe! –exclamó Helen, volviéndose hacia él y mirándolo con asombro mientras sostenía temblorosa el plato con los sándwiches.

–Déjame ayudarte con eso –Leon le arrebató el plato de las manos y lo colocó en la mesa, tomó un sándwich y comenzó a comer con evidente apetito.

Otra vez la estaba dando órdenes, y durante un largo segundo ella, confusa, se quedó mirándolo fijamente.

–¡Tu padre investigó a mi abuelo! –su mirada indignada se posó en aquellas duras facciones.

–Sí, por supuesto –afirmó como si fuera la cosa más natural del mundo–. Antes de dar permiso a mi hermana para visitar tu casa, mi padre había comprobado en la escuela y por otros medios que tanto tú como tu abuelo erais personas adecuadas y de confianza. Obviamente, con el paso del tiempo las circunstancias cambiaron, pero ni mi padre ni yo nos llegamos a enterar de nada. Delia tenía una portentosa inventiva.

Él tomó otro sorbo de vino antes de proseguir.

–Recuerdo con claridad que hace tres años enviaste a Delia una tarjeta navideña que agradó especialmente a mi padre. Él preguntó por vosotros y sugirió que Delia te invitase a pasar otras vacaciones en la isla. La respuesta de Delia, tal como la recuerdo, fue que tu abuelo había sufrido un ataque hacía algunos años y que tú te habías quedado con él en la casa cuidándolo. Delia dijo que, por desgracia, no te había visto desde que se había ido a Londres a la universidad, y aparte de las ocasionales tarjetas de felicitación por Navidad o de cumpleaños la amistad se había ido diluyendo.

Leon levantó una ceja con aire burlón.

–Estoy empezando a darme cuenta de que mi inocente hermanita era como todas las mujeres: una perfecta mentirosa y tan taimada como el demonio –espetó, y tomó otro sándwich.

Helen abrió la boca para defender a su amiga, pero se calló. ¿Qué podía decir? Desde el momento en que acogió a Nicholas en su casa, se había hecho cómplice de cualquier historia que Delia hubiera contado a su familia. El hecho de que Delia hubiera mentido acerca de la amistad que las unía se lo hizo ver con toda claridad. Pero entonces, ¿por qué se sorprendía tanto? En los primeros meses tras el nacimiento de Nicholas, Helen había estado esperando que Delia recobrase el sentido común y hablase a su familia del niño; sin embargo, Delia se había dedicado a borrar las huellas que pudieran conducirlos hacia Helen.

–Siéntate y toma algo. Pareces muy tensa –comentó él.

Ella apartó la silla, se sentó y agarró la copa con una mano vacilante. Se la llevó a los labios y tomó un gran sorbo. Helen apenas bebía, y el alcohol se le subió directamente a la cabeza. Pero Aristides estaba en lo cierto: era tal el engaño en que ella había colaborado que ahora estaba a punto de sufrir un ataque de nervios. A pesar de lo mucho que había querido a Delia y de lo que había deseado ayudarla, Helen sabía en su interior que los motivos que la habían movido a actuar como actuó no eran puramente altruistas.

Antes de la muerte de sus padres, ella había sido una adolescente feliz y segura de sí misma. Había tenido todas las esperanzas y sueños de una chica de su edad. El colegio, la universidad, el trabajo y luego el amor, el matrimonio y los hijos. Pero todo cambió el día del accidente. Su vida, casi idílica, se hizo pedazos y, aunque ella quería mucho a su abuelo, éste no pudo reemplazar lo que había perdido.

La negativa de Helen a secundar los planes de Delia cambió de raíz con la súbita muerte de su abuelo a finales de abril. Delia, sin que su familia supiese que estaba embarazada, había acudido al funeral. Para Helen, llena de dolor y completamente sola por primera vez en su vida, hacerse cargo del bebé mientras continuaba sus estudios, tal como le pidió su amiga, ya no parecía tan horrible; en realidad, era un sueño hecho realidad.

–¿Más vino? –preguntó él interrumpiendo sus pensamientos.

Ella lo miró a los ojos, y supo que aquel sueño estaba a punto de convertirse en su peor pesadilla. Apartó la vista de su penetrante mirada y se dio cuenta de que se había bebido la copa entera. También era consciente de que tenía que conservar toda su presencia de ánimo para lo que se le venía encima.

–No, no, gracias –dijo ella con educación.

–Como quieras –replicó él. Se sirvió más y dejó la botella en la mesa, no sin antes dirigirle una mirada burlona mientras se llevaba la copa a los labios. Inconscientemente, ella observó su boca y el movimiento que aquella poderosa garganta hacía al tragar. Fascinada, lo siguió con la mirada hasta donde el cuello abierto de la camisa mostraba algo de vello negro sobre la piel aceitunada de su pecho. De repente, sintió que un golpe de calor le recorría las venas y le hacía sentir mariposas en el estómago. «¡Oh, no!, está ocurriendo de nuevo», pensó horrorizada.

Lo miró y abrió la boca en un intento de decir algo, cualquier cosa, pero era incapaz de respirar. Ella simplemente estaba allí sentada, mientras el color se le subía a las mejillas, con los labios ligeramente entreabiertos, paralizada por la tensión sexual que atenazaba hasta el último músculo de su cuerpo. Él dejó la copa sobre la mesa y observó cómo ella se ruborizaba. Sabía lo que le estaba pasando y por qué. Por su parte, Helen vio una señal de satisfacción en la leve sonrisa que Leon esbozó. De pronto, el aire entre ellos estaba cargado de tensión sexual.

Capítulo 3

FUE ESE destello de satisfacción masculina en la perezosa sonrisa de Aristides lo que hizo que Helen recuperase el juicio. Apretó los dientes con fuerza en un intento de sobreponerse a aquella sensación de calor que había invadido su cuerpo. Nunca antes le había pasado nada parecido, ni le volvería a pasar si estaba en su mano evitarlo. Respiró a fondo e intentó racionalizar su peculiar reacción ante aquel hombre. Llegó a la conclusión de que Leon Aristides desprendía una sensualidad irresistible y podía manejar a una mujer a su antojo. Pero entonces, ¿de qué se extrañaba? Según Delia, en su familia todos los hombres tenían esposas y amantes, desde su abuelo, el fundador de la compañía, hasta Leon. Dado que Helen se encontraba ahora obligada a tratar con aquel hombre a causa de Nicholas, cualquier relación íntima entre ellos resultaba totalmente impensable. La felicidad de Nicholas era su prioridad absoluta.

–Nicholas –dijo ella con seguridad–. Querías hablar de Nicholas.

–Sí, Nicholas –concedió él, y con un aire reflexivo se reclinó en la silla–. Pero primero debemos hablar sobre Delia.

Para sorpresa de Helen, justamente eso fue lo que hizo a continuación.

–Delia era la pequeña de la familia. Yo tenía quince años cuando ella nació, y durante los primeros tres años de su vida fue una continua fuente de alegría para mí. Reconozco que tras marcharme de casa para estu-

diar y luego para vivir unos años en Nueva York no la
vi tanto como me hubiera gustado, pero pensé que
manteníamos una buena relación. La veía al menos
dos o tres veces al año, normalmente en vacaciones.
Su adolescencia fue un tanto rebelde, pero aquello se
le pasó pronto. Mi padre le dio una generosa paga, y
podía tener casi todo lo que pidiera –movió la cabeza
en un gesto de incredulidad. Por una vez, no parecía el
distante y calculador banquero que Helen conocía–.
Daba la impresión de que las cosas le iban bien y de
que siempre estaba contenta. Nunca entenderé por qué
pensó que debía ocultar a su hijo de nosotros, de su familia –a continuación, aquellos ojos oscuros se clava-
ron inquisitivamente en Helen–. Resulta obvio que la
Delia que tú conocías era muy diferente, y supongo
que eras partícipe de todos sus secretos.

–Algunos –ella, algo ruborizada, apartó la mirada
de la de él.

–¿Cuánto te pagó por ello?

–¡Nunca me pagó nada! –exclamó Helen indignada–.
Quería a Delia, era mi mejor amiga –intentando mantener la calma, inclinó la cabeza para ocultar las lágrimas
mientras le invadían los recuerdos de su amiga. Sobre-
poniéndose a sus emociones, continuó–: Desde el día en
que conocí a Delia en el internado al que tu padre la había desterrado, habría hecho cualquier cosa por ayudarla
porque ella salió en mi defensa. Yo no sólo era una
alumna externa, lo que me separaba de la mayoría de la
clase, sino que además tenía dos años más que el resto.

Leon se puso ligeramente tenso al escuchar aquello.
Así que Helen Heywood no era tan joven como había
creído… interesante. Él había pensado en llevarla a
juicio en caso necesario, aunque la idea de dar publicidad al asunto le resultaba insoportable. Pero había olvidado lo atractiva que era Helen y en ese momento se
le ocurrió una solución mucho mejor.

Ensimismada en sus recuerdos, Helen estaba total-

mente ajena a la mirada inquisitiva de su acompañante, y prosiguió:

–Con la diferencia de edad y llevando gafas, fui el
centro de las burlas de la clase, pero Delia intercedió
en mi defensa y nunca más me volvieron a molestar. A
partir de aquel día fuimos grandes amigas. Habríamos
hecho cualquier cosa la una por la otra –aseguró con
total convicción.

–Me gustaría saber por qué accediste a secundarla
en aquel plan descabellado –apremió él.

A Helen no le sentó bien lo de «descabellado», pero
tampoco podía negarlo. En honor a la verdad, estaba
asombrada de que el engaño hubiera durado tanto.

–Cuando Delia vino a visitarme hace cuatro años y
me dijo que iba a tener un hijo, ya tenía diseñado un
plan. La Semana Santa en Grecia no sería un problema;
nadie notaría nada. Según Delia, tu padre estaba loco
de contento porque le acababas de comunicar que tu esposa estaba embarazada y que saldría de cuentas en
agosto, así que no quería estropear la felicidad reinante.
En todo caso, no deseaba contarlo. No quería que su
hijo fuese como vuestro padre, un tirano machista que
la culpaba por la muerte de su madre –Leon hizo un
gesto con la cabeza, pero no la interrumpió–. Ella no
creía que tú fueras mucho mejor después de coincidir
con la idea de tu padre de enviarla a un internado a
causa de un par de coqueteos adolescentes.

–Por supuesto –intervino Leon despreciativamente–,
tú la secundaste y nunca se te ocurrió que ella podría
haber estado mucho mejor si te hubieras puesto en
contacto con su familia.

–No, yo no estaba de acuerdo con ella –replicó Helen con vehemencia–. Le pedí que hiciese exactamente
eso, que se lo contase a su familia.

–Muy loable, seguro, pero poco verosímil dadas las
presentes circunstancias –enfatizó Leon cínicamente.

–Te equivocas. Sólo accedí a ayudarla después de

que ella volviera de las vacaciones de Semana Santa y viniese al funeral de mi abuelo. Me dijo que absolutamente nadie se había dado cuenta de que estaba embarazada —repuso Helen con dureza—, lo que parecía darle la razón.

—Es lamentable, pero no merece la pena discutir sobre ello —opinó él tajante—. Ahora tenemos que considerar el futuro de un niño, un niño sin padres —clavó su oscura mirada sobre la pálida cara de Helen—. A menos que sepas el nombre del padre.

—Delia me dijo que había muerto —repuso ella, evitando su astuta mirada. También le había hecho prometer a Helen que nunca revelaría la identidad del padre, y no veía ningún motivo para romper ahora su palabra.

—¿Estás segura?

—Por completo —aseveró Helen sin asomo de duda y mirándolo directamente a los ojos. Delia le había mostrado un recorte de periódico sobre el accidente de tren en el que había fallecido el padre de Nicholas.

—Está bien —aunque ella no le había facilitado ningún nombre, Leon estaba convencido de que sí lo sabía. La señorita Heywood tenía unos ojos muy expresivos, ojos que había apartado al contestarle. Por la razón contraria, la creyó cuando dijo que el padre había fallecido—. Entonces no hay que preocuparse de que alguien aparezca de pronto reclamando al niño. Lo cual sólo nos deja a ti y a mí.

—Antes de que digas nada más —se apresuró Helen a aclarar—, deberías saber que cuando Nicholas nació, Delia me hizo tutora del niño hasta que cumpliese los veintiún años. Fue necesario por si ocurría alguna emergencia y para que el niño pudiera disponer de atención médica. Tengo la documentación que lo prueba —ella se sentía en parte culpable por lo que había sucedido, pero no estaba dispuesta a dejar que aquel tirano de rostro impasible le arrebatase a Nicholas sin presentar batalla.

–No me cabe duda de que tienes esa documentación
–declaró con cinismo–. Antes de venir aquí fui a ver a
un abogado de Londres, un tal señor Smyth. La última
voluntad y el testamento de Delia obran en su poder.
Según los mismos, Delia te hace beneficiaria de una
parte sustancial de sus bienes y propiedades, el veinte
por ciento para ser precisos, y tú y yo somos ahora ad-
ministradores conjuntos del dinero de Nicholas, como
seguro que sabes –Helen no podía dar crédito a lo que
escuchaba–. No te hagas la sorprendida. Después de
todo, jamás ha habido una niñera mejor pagada que tú
–al escuchar aquel tono de firmeza en sus palabras,
Helen supo que le estaba diciendo la verdad y tuvo la
sensación de que el mundo se hacía pedazos.

–Delia me dejó dinero –dijo ella mirándolo anonadada mientras veía cómo él la miraba con desprecio–.
No lo sabía, y no lo quiero. Amo a Nicholas. Accedí a
ser su tutora para ayudar a Delia, pero no lo hice por
dinero –se hallaba horrorizada y furiosa de que ese
hombre pudiera pensar algo tan monstruoso de ella–.
Y encuentro increíble que Delia también te hiciese tutor de Nicholas; me dijo que no quería que creciera pa-
reciéndose a ti –soltó sin pensárselo dos veces.

Leon, con su perspicacia, enseguida se percató de
que Helen Heywood, fuera de sí como estaba, había in-
currido en un sencillo error. Lo que él le había dicho es
que era un administrador de los bienes del niño, no su
cotutor. Sin embargo, no dudó en sacar provecho de la
equivocación de aquella pequeña cazadora de fortunas.

–Parece que mi hermanita hablaba demasiado y no
siempre decía la verdad. Pero da igual; lo único importante es Nicholas.

–¿Y crees que para mí no? –protestó ella–. He cuidado de él desde que nació. Lo quiero como si fuera
mi propio hijo. La futura felicidad de Nicholas es todo
lo que me preocupa.

–Excelente –exclamó él ignorando el destello de

angustia de sus ojos violeta–. Entonces no tendrás inconveniente en que Nicholas venga conmigo a Grecia.

–Pero eso es una locura –saltó ella–. No puedes llevártelo de esa manera de aquí. Éste es el único hogar que ha tenido.

–Entonces ya es hora de que conozca su verdadero hogar. Nicholas es griego y se adaptará rápidamente. Disfrutará viviendo en mi casa, con el personal de servicio atendiendo todas sus necesidades. Sin duda estará mejor en un clima soleado y no bajo esta llovizna constante, gris y fría. Es un Aristides y como tal tendrá la mejor educación posible, y cuando llegue el momento ocupará el lugar que por derecho le corresponde en Aristides International –Leon la miró con calculada arrogancia–. Aseguras no querer el dinero que Delia te dejó; sin embargo, según me contó la recepcionista del hotel cercano cuando fui a reservar una habitación para pasar la noche, trabajas a tiempo parcial como cuidadora en la guardería infantil del hotel. Aunque es una ocupación muy digna, difícilmente te permitirá hacerte rica –dijo en tono de burla–. Por el contrario, yo ya lo soy. Me pregunto qué es lo que tú puedes ofrecerle a cambio.

Helen ya había escuchado bastante. Estaba furiosa por el hecho de que ese canalla tuviera la osadía de hablar sobre ella con una completa extraña.

–El dinero no lo es todo. Quiero a Nicholas, aunque, según dicen, esto es algo que tú no puedes entender –dijo ella tomándose la revancha.

–Ah, Delia de nuevo, imagino. No deberías creer todo lo que oyes.

–Por lo visto tu matrimonio no fue por amor, sino que, según Delia, facilitó la adquisición de un banco estadounidense –Helen, encolerizada, estaba devolviendo todos los golpes–. ¿Qué clase de ejemplo serías para un niño tan adorable y confiado como Nicholas?

–Un ejemplo realista –afirmó, levantándose y caminando alrededor de donde ella estaba sentada–, lejos de esa visión de la vida propia de un cuento de hadas que tanto tú como mi hermana compartíais –sujetó a Helen por la barbilla y la obligó a toparse con la salvaje oscuridad de sus ojos–. Mira dónde el amor y la independencia condujeron a Delia y dime si estoy equivocado.

Por un instante, Helen se quedó sin palabras. Sus manos, cerradas en forma de puño, estaban entre sus piernas, en un esfuerzo por refrenar las inmensas ganas que tenía de golpearlo.

–¿Ah, sí? Y tú lo hiciste mucho mejor. Te las arreglaste para perder tanto a tu esposa como a tu hijo –replicó ella bruscamente–. Al menos Nicholas está seguro, y tú eres el hombre más despreciable que he tenido la desgracia de conocer. No te dejaría cuidar ni de mi mascota.

La presión de sus dedos se hizo más fuerte, y por un momento, durante el tenso silencio que siguió a continuación, ella pensó que le iba a romper la mandíbula. Helen se dio cuenta tarde de que había ido demasiado lejos con aquel comentario. Si quería seguir al lado de Nicholas tendría que entenderse con aquel hombre, aunque no sabía cómo lograrlo.

–¡Deja a mi Helen, hombre malo! –gritó de pronto una voz aguda. Hecho una furia, el niño atravesó corriendo la cocina y le propinó a Leon una patada en la espinilla. En ese momento, soltó a Helen y retrocedió para contemplar asombrado cómo el niño se agarraba a su pierna.

–No pasa nada, Nicholas –Helen se levantó de un salto de la silla y se agachó junto a él–. No es un hombre malo –le tranquilizó, mientras pasaba el brazo por su pequeña cintura y hacía que la mirase–. Este señor es el hermano de mamá Delia, es decir, tu tío –Nicholas se aferró al cuello de Helen y ésta, levantándolo en brazos, se puso de pie y, sin creérselo un instante, añadió–: Es un hombre bueno. Ha recorrido un largo camino desde Grecia para venir a verte.

–Sólo para verme –repitió Nicholas mirando con los grandes ojos oscuros de su madre al hombre que estaba allí de pie en silencio–. Eres mi tío –entonces volvió a mirar a Helen–. Mi amigo Tim tiene un tío que vive con él y con su mamá, y duerme en la cama de ella. ¿Va a quedarse este tío con nosotros? –preguntó Nicholas antes de mirar con cautela a Leon.

Helen sintió que se le subía el color a las mejillas, y durante un segundo no supo qué decir. El hecho de que Nicholas a su tierna edad fuese consciente de los arreglos de cama de otros adultos la dejó estupefacta. Aristides, en cambio, no tenía el mismo problema.

–Sí. Me gustaría que nosotros estuviésemos juntos –asintió Leon, hablando por primera vez desde que Nicholas había irrumpido en la cocina–. Si tú me dejas, claro –añadió con una sonrisa–. Me recuerdas mucho a mi hermana Delia.

–¿Conoces a Delia? –preguntó Nicholas.

–Mamá Delia –corrigió Helen.

–Mamá Delia –repitió Nicholas–. Tenía que venir a vernos y no lo hizo. Pero me envió una cama en forma de coche por Navidad, y un montón de juguetes –se soltó de los brazos de Helen y se quedó de pie sobre sus regordetas piernas para mirar tímidamente a Leon–. ¿Te gustaría verlos?

Enmudecida de rabia, Helen se quedó contemplando la escena mientras Leon se agachaba y tomaba de la mano a Nicholas. ¿Cómo se atrevía a decirle al niño que se iba a quedar con ellos?

–Me encantaría, Nicholas. ¿Puedo llamarte Nicholas?

–Sí, ven –Nicholas tiró de su gran mano con impaciencia.

–Espera un momento –Helen habló por fin–. Para empezar, Nicholas, ¿qué estás haciendo aquí abajo? Te tengo dicho que no bajes la escalera tú solo –ella se sintió terriblemente culpable. Con las horribles noticias que acababa de recibir, había olvidado que el niño ya no estaba en su cuna, sino en la nueva cama, de la que podía salir en un segundo, y también había olvidado cerrar la portezuela que protegía la escalera–. Podrías haberte caído.

–Estoy seguro de que Nicholas ya es mayor para caerse por las escaleras –afirmó Leon mientras se ponía de pie–. ¿No es así, hijo?

¿Desde cuándo su sobrino se había convertido en su hijo?, pensó Helen furiosa.

–Sí –respondió Nicholas, y a juzgar por la sonrisa de su rostro no le importó lo más mínimo que lo llamaran «hijo»–. ¿Cómo te llamas?

–Leon Aristides –aquel hombre tan alto sonrió amablemente al niño–. Me puedes llamar tío o Leon, o los dos, como tú quieras.

Dos minutos después, Nicholas y Leon salían de la cocina, y Helen sintió que un escalofrío de miedo le recorría la espalda. De una forma típicamente masculina, Nicholas hizo caso omiso cuando ella le pidió que se tomara el zumo y la galleta que tenía por costumbre.

–Lo preparas mientras le enseño a tío Leon mi cama-coche.

La sugerencia de Helen acerca de que debía vestirse también fue ignorada por tío Leon con un «No hay problema, puedo apañármelas».

Reprimiendo la tentación de ir tras ellos, contempló la cocina vacía con el corazón afligido por las terribles noticias que había recibido. Delia había muerto y todavía había que decírselo a Nicholas.

–¡Oh, Dios! –se quejó, desplomándose en la silla donde antes se había sentado. Contempló la botella de vino y por un instante estuvo tentada de ahogar con ella sus penas, pero enseguida cambió de opinión. Tenía que ser fuerte por Nicholas. Se lo debía a su amiga, tenía que asegurarse de que el niño era feliz; sin importar lo que Leon Aristides pretendiera. De ningún modo estaba dispuesta a jugar un papel secundario en la vida de Nicholas, se prometió en silencio.

Helen, con su uno cincuenta y siete de estatura, no era una «bajita» inútil. Poseía una extraordinaria fuerza interior que le había permitido superar adversidades que habrían podido con una mujer más débil. Durante cuatro años había hecho de enfermera con su abuelo mientras continuaba sus estudios, cursando parte de los mismos a distancia. Escasos meses tras la muerte de aquél, se había hecho cargo de Nicholas cuando éste era sólo un bebé, y aun así siguió estudiando hasta obtener un título en Historia del Arte. Además, no era en absoluto la pobre mujercita que pensaba Aristides.

Después del primer infarto a los sesenta años, su abuelo había vendido a una cadena internacional de hoteles los cincuenta acres de tierra que rodeaban su casa, manteniendo tanto la propiedad de la casa como el derecho de paso. Ésa fue su forma de asegurarse el dinero para sufragar los cuidados que precisaba así como las necesidades de Helen. Al heredar la casa de su abuelo y el seguro de vida de sus padres, Helen se encontró en una situación desahogada.

Aunque desde luego no era tan rica como Aristides, el dinero que había invertido le aseguraba una vida razonablemente confortable y le permitía dedicarse a lo que le gustaba. Como ilustradora independiente, ya había completado las ilustraciones para tres libros infantiles de éxito, y tenía un lucrativo acuerdo con el autor y el editor para realizar las ilustraciones de la serie completa de ocho ejemplares. El trabajo en la guardería lo hacía porque le gustaba, pero lo que verdaderamente le encantaba era cuidar de Nicholas. Dadas las circunstancias, su vida era casi tan perfecta como había soñado. Al menos hasta entonces.

Helen abrió el frigorífico para sacar un cartón de zumo y bajó de la alacena la taza favorita de Nicholas. Colocó todo en la mesa junto con el bote de galletas y pensó si le quedaba algo por hacer. Se dirigió en silencio hacia el vestíbulo y se detuvo al pie de la escalera. Podía oír el murmullo de voces, y luego una risa infantil. Quería subir con ellos, pero en lugar de eso dio media vuelta hacia la cocina. Se paró al llegar a la mesa del recibidor y ojeó el correo. Había propaganda y una carta. No reconoció el remitente, pero al darse cuenta de que se trataba de un bufete de abogados se puso nerviosa. Leyó la carta tres veces, y luego la guardó en el cajón de la mesa.

De vuelta en la cocina, se quedó ensimismada mirando a través de la ventana. Se encontraba muy afectada. Aristides había dicho la verdad. La carta del abogado era breve pero sustancial: simplemente confirmaba la muerte de Delia y que Helen era beneficiaria de su testamento.

Lanzó un suspiro y se dio la vuelta. Necesitaba hacer algo, cualquier cosa que la entretuviese para no pensar en el futuro. Quizás podría ir preparando la cena. Siempre cenaban alrededor de las seis. Después, el baño y a la cama.

—A tío Leon le gusta mi cama —explicó Nicholas entrando en la cocina con una amplia sonrisa—. Me ha dicho que conseguirá otra exactamente igual para cuando vayamos a su casa de Grecia —dijo con los ojos abiertos como platos, llenos de asombro—. ¡Es fantástico!

—Sí, es maravilloso —repitió Helen apretando los dientes y sentando al niño a la mesa—. Ahora bébete el zumo y cómete la galleta mientras preparo la cena —no pudo evitar la frialdad en su tono de voz; estaba tan enfadada que debía hacer un gran esfuerzo para no perder los papeles.

Y la situación se pondría aún peor.

Capítulo 4

TRES HORAS más tarde, Helen se sentó en la cama de Nicholas y le leyó *El conejo Rex y el hada buena*, el primer libro que había ilustrado. A Nicholas le encantaban las historias sobre Rex, un conejo más bien travieso, y el hada que siempre lo ayudaba a salir de apuros. El dibujo original del hada colgaba bien visible de la pared de su habitación. Al otro lado de la cama, sentado como un enorme y oscuro espectro, estaba Leon Aristides, escuchándolo todo. Terminó de leer la historia y, nerviosa, echó un vistazo a Leon para dirigir de nuevo su atención a Nicholas.

—Ahora tus oraciones —murmuró, sonriendo dulcemente al niño. Aquella noche, a Helen el ritual de todos los días sólo le despertaba tristeza. Sabía que tenía que decirle a Nicholas que su madre había muerto. Entre otros motivos, porque Leon había insistido de forma inequívoca; de lo contrario, él mismo se encargaría de hacerlo.

—Dios bendiga a mi Helen y a Delia. Amén —concluyó el niño sus oraciones.

—Mamá Delia —Helen murmuró automáticamente, aunque no obtuvo respuesta.

—Ah, y Dios bendiga a tío Leon —añadió Nicholas con una gran sonrisa. Luego preguntó—: ¿Cuándo viene Delia? Todavía no le he dado las gracias por la cama.

Ningún momento era bueno para lo que Helen tenía que hacer, pero no había elección. Con los ojos humedecidos por las lágrimas, le acarició la mejilla.

–Mamá Delia no vendrá, cariño –e inclinándose sobre él le tomó por los hombros–. Como sabes, ella vivió mucho tiempo en Grecia. Pues bien, también el tío Leon, y por eso está hoy aquí. Él vino a decirnos que Delia murió en un accidente de coche –se le quebró la voz.

–¿Quieres decir que nunca va a volver? –le temblaba el labio inferior, y aquellos ojos negros, tan parecidos a los de Delia, se llenaron de lágrimas–. Pero... ¿por qué no? –Helen lo abrazó con fuerza contra su pecho.

–¿Recuerdas cuando el hámster murió e hicimos un pequeño entierro y yo te dije que había ido al cielo donde él podría verte incluso aunque tú ya no pudieras verlo más? –el niño la miró, luego a Leon y una vez más a Helen.

–¿Se ha ido al cielo? –preguntó mientras le rodaban grandes lágrimas por los mofletes.

–Sí, pero ella estará viéndote desde arriba.

–Pero yo quiero verla otra vez –comenzó a llorar con más intensidad.

–Shh, todo va a estar bien –le tranquilizó Helen.

–¿Tú no me dejarás como Delia? –sollozó temblando mientras sus pequeñas manos se aferraban a los hombros de Helen. Ella no estaba segura de si el niño comprendía el significado de la muerte o de si simplemente reflejaba la enormidad de la tragedia a partir de la tensión que experimentaban los dos adultos. Lo único que podía hacer era abrazarlo fuerte y acariciar su oscuro pelo rizado, susurrarle dulces palabras de cariño al oído y darle confianza diciéndole que no se preocupara, que ella siempre estaría allí a su lado.

Al final los sollozos cesaron y Helen lo tumbó con ternura en la cama y le besó la frente.

–¿Me prometes que tú no vas a morir ni a dejarme? –le rogó, con los ojos abiertos como platos y la cara sonrosada y húmeda por las lágrimas–. Prométemelo.

–No te preocupes, mi amor, siempre estaré aquí contigo –respondió Helen con dulzura, besándolo de nuevo en la frente. Por fin, el agotamiento hizo mella en el niño y éste cerró los ojos. Ella lo besó amorosamente en los párpados y en los mofletes y le tapó con el edredón–. Lo prometo –y soltó una lágrima que se deslizó hasta la carita del niño, que arrugó su pequeña nariz, lanzó un suspiro y se durmió.

Diez minutos después, ante la insistencia de Leon, Helen estaba sentada en el salón mientras él preparaba café. Ella se encontraba emocionalmente exhausta y era incapaz de discutir; recostó la cabeza sobre los cojines del sofá y entornó los ojos. Oleadas de dolor y de culpabilidad la invadían, y su cabeza daba vueltas como un molinete en un vendaval. Nunca debió haber permitido que las circunstancias personales nublaran su juicio, pero entonces no habría conocido aquel profundo amor que sentía por Nicholas. Su corazón no soportaría perderlo; sin embargo, siempre supo que Delia, tarde o temprano, iría a reclamarlo.

–Aquí tienes –abrió los ojos y vio a Leon, que le ofrecía una taza de café–. He echado un poco de coñac que encontré en una alacena. Te vendrá bien –Helen tomó la taza, se la llevó a los labios y dio un sorbo. Hizo una mueca cuando el licor pasó por su garganta: el calor parecía esparcirse por sus venas produciéndole una cierta sensación de placidez. Se lo bebió con calma, a pequeños sorbos, hasta la última gota–. ¿Iba en serio lo que le dijiste a Nicholas acerca de que nunca lo dejarías? –preguntó Leon.

–Sí, por supuesto –confirmó ella–. Soy consciente de que será difícil, y obviamente no espero estar físicamente junto a él todo el tiempo. Me imagino que querrás pasar algún tiempo con él. Podría irse contigo en vacaciones, como es costumbre en tu familia. Además, por lo visto ya se lo has dicho –no pudo resistirse a lanzar la indirecta–. En las presentes circunstancias, es inevitable que Nicholas y yo estemos separados durante alguna temporada, pero aun así seguiré en contacto con él diariamente por teléfono para que nunca crea que lo he abandonado –Helen pensó que su propuesta era razonable.

–Te estoy escuchando, pero no estoy de acuerdo. Es evidente que Nicholas es feliz junto a ti y tú no quieres alejarte de él. Pero como tío suyo, su único pariente consanguíneo, creo que debería compartir su crianza. Nicholas puede vivir conmigo seis meses al año y contigo los otros seis.

–No seas absurdo –exclamó Helen, abriendo los ojos con incredulidad ante aquel rostro misteriosamente atractivo–. No tiene sentido. ¿Cómo va Nicholas a cambiar de hogar, de colegio, de médico, de todo, cada seis meses? Sólo a un hombre se le podría ocurrir semejante tontería –afirmó, sintiéndose por una vez superior a aquel demonio arrogante.

–Exacto.

–Entonces, ¿por qué lo has sugerido? –inquirió ella con cautela, empezando a desconfiar al intuir que Leon no había puesto todas las cartas sobre la mesa.

–No me malinterpretes. Creo que lo que has hecho con Nicholas, sin apenas ayuda de mi hermana, es impresionante; aunque el dominio del griego por parte del niño es bastante bueno, lo que demuestra que ella hizo algo bien. Pero he notado que te llama «mi» Helen, y en cambio apenas llama mamá a Delia salvo que tú lo corrijas. La noticia de su muerte lo ha entristecido, pero, aunque me duela decirlo, nada en comparación a cómo se sentiría en caso de que te hubiera perdido a ti. A todos los efectos, tú eres su madre, y creo que lo mejor para él es quedarse contigo.

–¿Quieres decir que accedes a que se quede conmigo? –intentó aclarar Helen asombrada, sin apenas creer que Aristides pudiera ser tan razonable.

–No, quiero decir que el niño ha tenido un comienzo confuso en la vida y que tú has sido la única persona adulta que ha estado todo el tiempo a su lado, y que se merece algo más. Merece dos padres y un hogar estable, y yo puedo proporcionárselo.

Por un momento se sintió perdida, pero enseguida comprendió lo que él quería decir y se derrumbó por dentro. Era obvio que tenía una nueva mujer.

—Así que te has casado otra vez; no lo sabía —murmuró, preguntándose por qué no se le había ocurrido antes. Un hombre atractivo y acaudalado como Leon Aristides, que podía elegir a la mujer que quisiese, desde luego tenía que tener una esposa. De repente, el riesgo de perder completamente a Nicholas se hizo más real que nunca. ¿Cómo iba a negar al niño la posibilidad de tener dos padres?

—No, aún no estoy casado.

—Tienes novia. ¿Quieres decir que planeas casarte y construir un hogar para Nicholas? —se atrevió a preguntar —Leon no contestó inmediatamente. Dejó su copa en la mesa y se tendió de nuevo en el sofá. Sus ojos negros la traspasaban con una inusitada intensidad.

—No, no tengo novia. Pero, con una condición, puedes casarte conmigo; de este modo compartiríamos la educación de Nicholas en mi casa de Grecia —Helen se lo quedó mirando atónita, sin poder dar crédito a sus palabras.

—¡Casarme contigo! ¿Estás loco? —tenía que estar bromeando. A pesar de la animadversión que sentía por él, algo la hizo estremecerse. Los latidos de su corazón parecían martillazos en su pecho. Sintió de nuevo el miedo que había experimentado la primera vez que se encontraron, cuando era una adolescente.

—Me han acusado de muchas cosas, pero nunca de estar loco. Tú y mi hermana, sin embargo, teníais que estarlo para haber tramado un plan tan absurdo y privar a un niño de su derecho a crecer en el seno de su familia. Cuando murió Delia, me informaron de que había tomado drogas, lo que podría explicar su retorcido comportamiento. ¿Acaso tienes el mismo problema? Debo saberlo antes de casarme contigo –inquirió de forma arrogante.

–Desde luego que no –exclamó furiosa–. Y tampoco me creo que Delia las tomase; la última vez que la vi estaba sana y en perfecto estado físico.

–Entonces eres incluso más ingenua de lo que pareces –dijo con sorna–. Tengo el informe médico para probarlo.

Helen se quedó anonadada. Al principio, rechazaba la verdad, y luego, lentamente, cayó en la cuenta de que no había visto a Delia desde el verano anterior. Quizás la presión de regresar a vivir a Grecia y su compromiso podrían haberla llevado a cometer alguna estupidez. Ello explicaría el comportamiento errático de los últimos meses. La cancelación de visitas y las cada vez más escasas llamadas de teléfono cobraron de pronto sentido. ¿Por qué no había notado que algo iba mal? Había fallado a su amiga cuando ésta más la necesitaba.

–Nunca me enteré. Nunca lo imaginé –susurró.

–Me inclino a creerte. Las primeras investigaciones apuntan a que Delia sólo empezó a consumir drogas el año pasado cuando regresó a Atenas y comenzó a frecuentar ciertos ambientes. Su novio no sabía nada, y cuando se enteró después de su muerte se quedó horrorizado. Delia era más retorcida de lo que ninguno de nosotros podía imaginar. Pero como ella ya no está con nosotros, ahora tienes que pagar el precio de tu imprudencia. A menos que quieras abandonar a Nicholas, tendrás que casarte conmigo.

Expuesto de semejante manera, Helen no tenía argumentos. Había fallado a su amiga al no advertir que necesitaba ayuda, y ahora no podía agravar su falta dejando en la estacada a Nicholas. Pero casarse con Leon Aristides…

Mientras buscaba las palabras adecuadas, ella comenzó a expresarse de forma vacilante:

–¿Será posible que no haya ningún otro modo de satisfacer las necesidades de Nicholas que no implique el matrimonio? –preguntó en tono de súplica.

Leon Aristides notó el parpadeo de impotencia de sus ojos violeta, la leve pero perceptible depresión de sus hombros, y supo que tenía la victoria en la mano.

–Nicholas acaba de perder a la madre que lo trajo a este mundo, aunque no fuera perfecta –dijo desdeñoso–. Para él, tú eres su madre, y ahora más que nunca precisa de la seguridad que le proporciona tu presencia constante. Conoces a mi sobrino desde que nació. Yo no he disfrutado de ese privilegio. Soy una persona civilizada, pero de ningún modo consentiré que ejerzas tú sola la custodia del niño. Casarnos es la única opción posible –se levantó y fue a sentarse a su lado–. Créeme, Helen, si hubiera alguna otra solución te lo diría –tomó su mano y la apretó contra su muslo–. Me he casado antes y no deseo repetir la experiencia– le acarició distraídamente la palma de la mano con el pulgar–. Pero estoy dispuesto a hacerlo por el bien de Nicholas.

Sintió que ella se estremecía y vio en sus enormes ojos violeta el sucesivo destello de dos emociones diferenciadas. La primera era el miedo, pero la segunda era una que un hombre de su experiencia no podía dejar de reconocer. Una sensación de triunfo recorrió todo su cuerpo.

Ella había intentado durante toda la tarde disimular lo que él le provocaba. Sin embargo, no había podido evitar que Leon notase los precipitados pestañeos, las mejillas sonrojadas o el pulso acelerado en su delgada muñeca. No le habría resultado demasiado difícil llevársela a la cama, y su cuerpo se tensó con sólo pensarlo. Pero no era el momento. Además, aún tenía a Louisa, y Nicholas era su prioridad. Por otra parte, no debía olvidar que Helen Heywood era una mujer poco fiable. Como ella era la tutora legal de Nicholas y co-administradora de los bienes del niño, casarse con ella facilitaría la protección de los intereses del niño y los suyos propios.

Desde la muerte de su padre, Leon había asumido de forma natural el total control de la compañía. Había tratado con rapidez y ecuanimidad las objeciones puntuales de varios primos lejanos que, a través de la herencia, tenían intereses en el negocio. Había tenido todo bajo su absoluto control hasta la aparición del nuevo testamento de Delia. De repente, la implicación de Helen Heywood representaba una amenaza, si bien era cierto que sólo una leve amenaza. Pero él no era un hombre al que le gustase dejar nada al azar.

—Debes entender, Helen, que la única solución sensata pasa por nuestro sacrificio personal –ella estaba aturdida e intentaba por todos los medios que no se le notara–. Me dijiste que ahora no había ningún hombre en tu vida, y yo no tengo ningún compromiso, así que nadie más resultará herido… salvo Nicholas si no nos casamos y le proporcionamos un hogar estable.

—Pero apenas nos conocemos –repuso ella sin mucha convicción. Él pudo ver la confusión en los ojos de ella, y su boca dibujó una irónica sonrisa.

—Gracias a Delia, antes parecías pensar que sabías mucho sobre mí –un rubor de culpa tiñó las mejillas de Helen, lo cual no le sorprendió a Leon lo más mínimo, ya que tenía mucho de lo que sentirse culpable, pero controló su ira y continuó–: Por lo que a mí respecta, sé que eres buena para Nicholas y no necesito más. Un matrimonio conveniente no es tan raro, y con la buena voluntad de ambas partes puede salir bien. Tenemos el incentivo añadido de Nicholas para asegurar que nuestra relación será cordial.

Durante unos segundos, Helen permaneció estática observándolo. Resultaba innegable que la mirada de él denotaba un interés sincero. Quizás, después de todo, no era tan terrible como Delia lo había pintado. Helen no sabía qué pensar. No era de mucha ayuda que aún pudiera sentir el calor del muslo de él contra su piel, o el roce de su pulgar contra la palma de su mano. Entrelazó las manos intentando controlar la velocidad de sus latidos.

–¿Un matrimonio de conveniencia, quieres decir? –se las arregló finalmente para hablar. Desde luego, se trataba de eso, y ella sabía que tenía sentido, pero entonces, ¿por qué se sentía extrañamente desalentada?

–Sí –contestó él con una determinación que no dejaba lugar a dudas–. Naturalmente tendremos que vivir en Grecia, ya que allí se encuentran las oficinas centrales de mi compañía. Pero no hay razón por la que no debas conservar esta casa y visitar a tus amigos de vez en cuando. Viajo al extranjero por negocios a menudo, así que eso no sería un problema.

Se levantó y la miró con un destello de cinismo.

–Y hay otro importante motivo por el que debemos casarnos. Cuando pasemos tiempo juntos con Nicholas, lo que será inevitable, ¿qué pensaría la gente? Nicholas es inocente y no comprende, pero las primeras palabras que salieron de su boca cuando nos conocimos fueron sobre el «tío» de su amigo. Ambos sabemos las connotaciones asociadas a tales relaciones, y yo no estoy dispuesto a exponerlo a ese tipo de especulaciones, máxime siendo ilegítimo. Sé que en tu país un hijo fuera del matrimonio es relativamente aceptable y cada vez más habitual, pero en Grecia aún es algo mal visto.

Un sentimiento de vergüenza y de culpabilidad le hizo a Helen ruborizarse.

–Nada puede cambiar las circunstancias del nacimiento de Nicholas –dijo resignada–. Pero no había pensado en ello –añadió con voz dubitativa.

–Bueno, piensa en ello ahora, y dime que te casarás conmigo.

–No creo que fuera capaz de vivir conmigo misma si le fallara a Nicholas.

–Bien, entonces eso es un sí.

Era un hombre alto, moreno y poderoso. Helen tuvo que echarse un poco hacia atrás para mirarlo de nuevo, y sin mucha convicción asintió con la cabeza.

–Supongo que sí.

–Puedes dejármelo todo a mí– la tomó con su gran mano del brazo y tiró de ella hacia él. Antes de que pudiera decir nada, sintió la firme presión de la boca de Leon contra la suya. Ella percibió el suave olor de su loción mezclado con un leve y masculino aroma a almizcle, y sintió el calor de aquel cuerpo envolviéndola y la sutil intrusión de su lengua entre sus labios. Perpleja, se tambaleó un poco como si una descarga eléctrica atravesase su cuerpo, y entonces súbitamente la liberó.

–¿Por qué lo has hecho? –preguntó ella cuando recobró el aliento, aún vacilante a causa del efímero abrazo.

–Acostúmbrate –esa vez la mirada que le dirigió no expresaba interés alguno, sino una fría determinación que ella encontró extrañamente amenazante–. Como tú misma has dicho, Nicholas es un niño cariñoso, y para sentirse seguro con nosotros deberá ver algunas señales de afecto –su voz era distante y estaba teñida de ironía–. Además, podría servirte de práctica.

Helen, rabiosa, se sintió humillada. Así que Leon Aristides pensaba que ella no sabía besar. Teniendo en cuenta lo que indudablemente era su vasta experiencia con el sexo femenino, apenas resultaba sorprendente, pero entonces, ¿por qué se enfadaba Helen? Debería sentirse agradecida. Ahora sabía sin lugar a dudas que lo único que debía temer de su matrimonio de conveniencia era justamente aquello.

–Tengo que irme –dijo Leon interrumpiendo sus pensamientos–. Voy a pasar la noche en el hotel y debo hacer algunas llamadas –añadió impaciente, como si tuviese de pronto mucha prisa por marcharse–. Pero volveré por la mañana para ver a Nicholas, antes de que los compromisos de trabajo me obliguen a regresar a Grecia. Pero estaremos en contacto. Concéntrate en empaquetar tus cosas, que yo me ocuparé de prepararlo todo para casarnos en Atenas dentro de dos sábados.

–Pero hoy es jueves –exclamó Helen.

–No te preocupes. Te llamaré para comunicarte todos los detalles y volveré a tiempo para recogeros a los dos. Todo saldrá bien –aseguró antes de dirigirse hacia la puerta.

En ese instante alguien llamó varias veces al timbre. Era una llamada en código: uno, dos y uno otra vez. Leon Aristides se paró en seco. Se giró y, mirando a Helen, levantó las cejas inquisitivamente

–Parece que tienes una visita tardía; se diría que estabas esperando a alguien –vio que Helen esbozaba una amplia sonrisa.

–Así es –respondió ella, caminando hacia él.

–¿Quién es?

–Se trata sólo de Mick. Trabaja para la seguridad del hotel. Te acompaño a la salida y lo dejo entrar. Siempre hace un alto en su ronda para tomar una taza de té y comprobar que Nicholas y yo estamos bien –explicó ella mientras pasaba hacia la puerta.

Dos minutos más tarde, Leon Aristides subía a su coche con expresión de pocos amigos. Que le despidieran de la casa de una mujer sin prestarle mayor atención mientras recibían a un joven y apuesto guardia de seguridad era una experiencia nueva para él, y desde luego no era de su agrado. No obstante, pensándolo fríamente, aquello era de esperar. Helen Heywood era una veinteañera muy atractiva; lo lógico era que tuviera una vida sexual. Aunque había mentido al asegurar que no tenía ningún amante, lo que indicaba una vez más que no se podía fiar de ella. Pero, a fin de cuentas, ¿qué más le daba? No le costaría demasiado llevársela a la cama.

Él era ante todo un banquero, y siempre había conseguido lo que se había propuesto. Pronto tendría a Nicholas en su casa y a Helen Heywood como esposa. La fortuna de la familia estaría a salvo y su posición de liderazgo en Aristides International Bank sería indiscutible. Con un poco de suerte, podría incluso salvaguardar el nombre de su hermana.

Paró el coche y dio las llaves al muchacho del aparcamiento. Una sonrisa de implacable satisfacción se dibujó en su rostro mientras entraba al hotel. La misma joven de antes estaba en la recepción cuando fue a pedir la llave.

–¿Encontró a Helen y a Nicholas? –preguntó ella. La joven era simpática y obviamente algo chismosa. Leon se fijó en la tarjeta con su nombre y le ofreció una sonrisa llena de encanto.

–Sí, Tracy, los encontré. Helen estaba incluso más hermosa de lo que la recordaba; en cuanto a Nicholas, es un chico fantástico –se inclinó ligeramente y añadió–: De hecho, te contaré un secreto. He pedido a Helen que se casara conmigo y ha accedido.

–¡Ay, qué romántico!

–Así es –Leon sonrió de nuevo, encargó la cena y se marchó. Una vez en su habitación, abrió su ordenador portátil y comenzó a revisar sus mensajes. Encontró uno de Louisa desde París quejándose de su larga ausencia. Louisa era un problema que debía resolver con rapidez, y para su sorpresa se dio cuenta de que se sentía aliviado con la idea.

Helen acababa de acompañar a Mick a la puerta cuando sonó el teléfono. Escuchó asombrada cómo Tracy la felicitaba por su próxima boda. Aristides no había perdido el tiempo. Estaba tan estupefacta que asentía a todo lo que Tracy le sugería sin ni siquiera prestar atención.

Helen se fue a la cama desorientada. Las lágrimas empaparon la almohada cuando finalmente la realidad de la súbita muerte de Delia se le hizo presente. Con los ojos rojos y sin poder dormir, su cabeza no paraba de dar vueltas a la idea del matrimonio con Leon Aristides.

Tenía que estar loca para acceder a casarse. Las terribles noticias debieron de provocar temporalmente un cortocircuito en su cerebro, se dijo cuando los primeros rayos del alba iluminaban el cielo. Sin embargo, por mucho que quisiera, Nicholas no era su hijo, y no podía casarse con Aristides sólo para conservar al niño. Cuando finalmente la venció el sueño, ya lo tenía todo más claro. Le diría a Leon Aristides que había cambiado de opinión.

—Venga, Nicholas, cómete el yogur —aquella mañana el niño estaba más rebelde que de costumbre. Lo había lavado, vestido y sentado a la mesa de la cocina para que se tomara el desayuno, pero ella todavía no se había podido arreglar.

Al oír el timbre de la puerta Helen refunfuñó. ¿Quién sería el idiota que llamaba a las ocho de la mañana? Con Nicholas a su lado, abrió la puerta y allí estaba Leon, con aire despierto y enérgico. Llevaba el mismo traje oscuro del día anterior, pero con una camisa y una corbata grises que le hacían parecer aún más imponente ante los ojos de ella. Nicholas lo miró con recelo

—Estoy desayunando.

Las palabras eran superfluas, ya que su boca estaba llena de yogur de fresa. Helen, tras los saludos de rigor y sin que el niño se diera cuenta, le dijo a Leon:

—Tengo que hablar contigo —una sola mirada era todo lo que necesitaba Leon Aristides para darse cuenta de que Helen había cambiado de idea.

–Yo me encargo de Nicholas –propuso él en tono despreocupado–. ¿Por qué no te vistes y hablamos ahora? –entonces, tras darle a Helen un pequeño beso en la frente, sonrió bonachón al niño–. Y tú de vuelta a la cocina. No me vendría mal comer algo.

Quince minutos después, ya duchada, vestida con unos vaqueros y un suéter rosa de cachemira y con el pelo suelto, Helen entró en la cocina. Mientras tanto, Leon, con una habilidad que Helen no hubiera esperado, había vencido el mal humor que Nicholas tenía aquella mañana. En un golpe de ingenio, le había estado contando entretenidas historias de cuando Delia era niña, haciéndolo reír y calmando sus miedos. En sólo una hora, Nicholas había recuperado su habitual carácter risueño, y absolutamente cautivado por su flamante tío, estaba charlando de forma muy animada con él.

Cuando Nicholas se fue al servicio y por fin pudieron hablar a solas, ella se dio cuenta de que ya era demasiado tarde.

–Señor Aristides, en cuanto a lo que hablamos ayer, he cambiado de opinión. No quiero mudarme a Grecia ni quiero casarme con usted. Tendremos que encontrar alguna otra solución –se apresuró a concluir.

Leon posó sus ojos en ella y durante un instante guardó silencio. En la expresiva cara de ella había determinación, pero también algo más: un ligero miedo que era incapaz de disimular.

–Demasiado tarde –dijo con calma–. Ya le he dicho a Nicholas que nos vamos a Grecia. Si quieres decirle que has cambiado de idea, que tú no quieres ir con él, está bien. Pero si lo haces, corres el riesgo de hacerle daño y, quizás, de perderlo para siempre, así que estás avisada.

–No tienes derecho a hacer eso –protestó.

Leon se puso de pie y la agarró del brazo.

–Tengo todo el derecho; teníamos un acuerdo –dijo

con frialdad mientras la veía palidecer–. Soy un hombre de palabra. Tú, en cambio, como la mayoría de las mujeres, no pareces entender ese concepto. Pero nos casaremos.

–¿Os estáis peleando? –preguntó una voz quejumbrosa, y los dos adultos se dieron la vuelta hacia donde estaba el niño. Leon fue el primero en reaccionar. Se puso en cuclillas y tomó a Nicholas por los hombros.

–No. Estábamos hablando de nuestro futuro juntos –Helen no podía hacer nada sino observar y asentir mientras Leon le explicaba al niño que ella iba a casarse con él, y que ellos iban a ser sus nuevos padres y que todos vivirían juntos en Grecia.

Para cuando Leon hubo terminado, no cabía duda de que Nicholas era un muchachito cuyos sueños acababan de hacerse realidad, y que padecía un severo caso de culto al héroe.

No era de extrañar que Helen sufriera de un terrible dolor de cabeza fruto de la tensión. Aquel hombre la había chantajeado emocionalmente a fin de garantizarse su cooperación. Y aunque se resentía de ello con amargura, no había nada que pudiera hacer para impedirlo. Por fin, sintió un gran alivio cuando Aristides, tras insistir en concertar una cita para ella con el señor Smyth a la semana siguiente, se marchó hacia el mediodía aduciendo compromisos de trabajo.

¿Qué era lo que había hecho?

Capítulo 5

HELEN se miró en el espejo, y casi dejó escapar una queja. Parecía una niña ataviada con un vestido estrafalario; ¿por qué diablos se había dejado convencer por Nicholas? Sólo era un crío, ¿qué sabía de ropa? La respuesta era sencilla: lo había hecho porque lo quería. Estaba allí, en aquella elegante mansión ateniense, a punto de casarse con un hombre a quien no amaba y que ciertamente tampoco la amaba a ella, por el niño.

Las dos semanas anteriores habían sido caóticas. Tracy y las amistades que Helen había hecho entre el personal del hotel se habían presentado el fin de semana en su casa e insistido en celebrar una despedida de soltera. Sabedores de su predilección por la ropa interior fina, le habían regalado entre todos unas minúsculas bragas de encaje y el salto de cama más atrevido que había visto nunca. Aunque no pensaba ponérselo delante de Leon, la mera idea de que la viera vestida así la ruborizaba. Por si aquello no fuera suficiente, Tracy había llevado una revista de novias para que eligiese un vestido con glamour. Cuando Helen le dijo que la boda sería una sencilla ceremonia por lo civil, Tracy argumentó que, dado que se iba a casar con un hombre tremendamente rico, lo mínimo que podía hacer era vestir a la altura de las circunstancias, así que le dejó la revista por si cambiaba de parecer.

Nicholas había visto las fotografías de la revista y tras fijarse en una modelo con un vestido idéntico al del hada que colgaba de la pared de su habitación, había insistido tanto en que Helen se pusiera aquel traje que al final ésta no tuvo más remedio que ceder. Así que, aprovechando el viaje a Londres para ver al señor Smyth, el abogado, se lo compró.

Helen no había vuelto a ver a Leon hasta el día anterior por la tarde. El ayudante personal de Leon, Alex Stakis, había llegado entonces para acompañarlos a Nicholas y a ella hasta Atenas en el jet privado de Aristides. Por lo visto, Leon estaba demasiado ocupado. Para Helen eso no era un inconveniente: cuanto menos lo viera, mejor.

Él tenía la perturbadora capacidad de alterarla. El cuerpo de Helen parecía haber cobrado vida propia y no obedecía los dictados de su cerebro, cosa que a ella no le gustaba en absoluto. La última noche, después de haber persuadido a Nicholas, Leon había puesto fin a las cenas tempranas de Helen con el niño e insistido en que ella cenase con él después de que Nicholas se hubiera acostado. Amargamente ofendida por aquella actitud despótica, pero incapaz de discutir con él delante del niño, había accedido sin entusiasmo.

Cenar a solas con él había sido una experiencia penosa. Leon había sido muy educado; la conversación se había centrado principalmente en los preparativos de la boda para el día siguiente. Pero cada vez que él posaba su mirada en ella, Helen tenía que hacer un gran esfuerzo para no ruborizarse. La mortificaba tener que admitir que se sentía físicamente atraída por Leon. Su único alivio era saber que él no sentía nada por ella. Lo que tenía que hacer para que todo saliese bien era controlar aquel extraño sentimiento de pánico y concentrarse en Nicholas.

Ella se volvió a mirar en el espejo. Desde luego, con aquel vestido, no temía despertar el interés de ningún hombre mayor de siete años. Confeccionado en seda, las mangas eran largas y anchas en las muñecas. El corpiño adornado con hilos de plata se ajustaba a sus pechos y a su cintura. La falda caía en finas capas de seda de distinta longitud sobre los tobillos. No era un traje propio de Helen. Además, en lugar de los habituales tacones altos que compensaban su escasa estatura, llevaba una especie de babuchas de raso con pedrería y las puntas hacia arriba. Eso sí, al menos iba a hacer feliz a Nicholas. Sin embargo, no se daba cuenta de cómo el fino tejido de gasa acariciaba sensualmente su esbelto talle a cada movimiento que hacía.

La puerta se abrió y el ama de llaves, Anna, una mujer alta y de pelo gris, de unos sesenta años, entró en la habitación seguida de cerca por Nicholas.

–Ay, Helen, qué guapa estás –exclamó el niño, con los ojos brillantes–. Exactamente como en mi dibujo del hada.

–Gracias, cariño –ella se agachó para abrazarlo.

–Tío Leon me envía a buscarte porque ya son más de las dos –repitió lleno de orgullo–. Todo el mundo está esperando.

–Es cierto, señora, y como está lloviendo ha habido un pequeño cambio de planes: la ceremonia tendrá lugar dentro de la casa en vez de en el jardín –afirmó Anna. Helen sonrió. Así que, como dijo Leon, en Grecia siempre lucía el sol.

–No hay problema –aseguró a Anna, quien, a diferencia de los otros miembros del servicio que había conocido la noche anterior, hablaba un perfecto inglés–. Tú primero, Nicholas –le sonrió Helen al niño, y tomándolo de la mano se dirigieron hacia la puerta.

Leon, de pie en el vestíbulo, saludó a los últimos invitados y echó un vistazo alrededor del grupo, que sumaba unas treinta personas. Sólo había invitado a aquellos amigos y colegas que consideraba imprescindibles. Con la excusa de que se trataba de una ceremonia íntima a causa de los recientes fallecimientos que habían golpeado a la familia, había sido fácil excluir a los parientes lejanos y a los meros conocidos. Sabía que más adelante tendría que organizar una fiesta para presentar a Helen y a Nicholas en sociedad, pero en aquel momento lo más importante eran los negocios. Su prioridad era asegurarse de que su matrimonio con Helen Heywood se celebraba sin obstáculos y que ella se convirtiera en su esposa. Para ello, no era preciso montar ningún espectáculo. Ya había celebrado en su día una gran boda con Tina y no necesitaba ninguna otra.

Leon fue a hablar con su ayudante personal, Alex Stakis, quien también actuaba como su testigo, y de repente se dio cuenta del extraño silencio que se había adueñado del lugar. Leon se dio la vuelta y se quedó de piedra. Bajando por las escaleras de mármol brillaba con luz propia una visión encantadora, una joven que parecía recién salida del sueño de cualquier hombre. La idea de que aquella mujer, Helen Heywood, estuviese a punto de convertirse en su futura esposa le proporcionó una sensación de placer que inundó su poderoso cuerpo; una sensación que no tenía nada que ver con los negocios, sino con la tensión sexual que se iba acumulando ante la expectativa de la noche que tenía por delante.

El pelo rubio ceniza de Helen estaba suelto y caía en tirabuzones sobre sus delicados hombros. Su vestido era una fantasía en blanco y plata, con mangas largas y un pronunciado escote en uve que revelaba las cremosas curvas de sus pechos y seguía fielmente las exquisitas líneas de su cuerpo. La falda le ceñía las caderas y daba la sensación de que flotaba en una corriente de capas transparentes que envolvía sus piernas y muslos, anunciando su piel aterciopelada según iba descendiendo la escalera de mármol. Sus pequeños pies calzaban unas babuchas de reminiscencias orientales. Y como remate, en la cabeza llevaba un tocado de plata con pequeños capullos de rosa. Helen bajaba llevando a Nicholas de la mano. No paraban de sonreír.

Durante un buen rato, Leon no hizo otra cosa que contemplarla. Tuvo la fugaz sensación de que ya había visto a Helen vestida así, aunque era imposible. Estaba deslumbrante.

No llevaba mucho maquillaje, el efecto era asombroso. Una vaga sombra acentuaba sus chispeantes ojos violeta y un toque de rímel remarcaba sus largas pestañas. Tenía los labios pintados de rosa y su blanca piel nacarada estaba matizada con un rubor natural. Estaba encantadora, era la novia perfecta: inocente y, sin embargo, sensual.

No obstante, como advirtió Leon contrariado, vestida así, parecía fuera de lugar en aquella pequeña ceremonia civil. Él le había dicho que sería un evento sencillo, aunque, en definitiva, aquélla era la boda de Helen.

—Helen, estás muy hermosa —dijo galante con una sonrisa.

—Gracias —lo miró sin molestarse en devolverle la sonrisa—. Nicholas eligió mi vestido, ¿verdad, cariño? —dijo mirando al niño.

Leon no pudo evitar una sonrisa irónica. Si aquello era cierto, el niño era extraordinariamente precoz en cuanto a las formas femeninas. De repente, al inclinarse Helen sobre Nicholas, Leon vio más de sus pechos de lo que resultaba prudente en el estado de semi erección en el que ya se encontraba. Para colmo, el amor incondicional que expresaban los ojos de ella al mirar al niño le daban un aura luminosa que no hacía sino empeorar la situación. Jamás ninguna mujer, ni siquiera su propia madre, le había mirado así. Pero qué importaba, pensó cínicamente. Tenía todo lo que deseaba, o lo tendría aquella noche, se corrigió.

—La ceremonia aguarda —advirtió mientras asía con firmeza la mano de ella.

Helen escuchó a aquel hombre pequeño con barba ejecutar el rito en griego de una tirada, con algunos pasajes en inglés pensados para ella. Respondió correctamente, sin mirar a Leon a menos que tuviera que hacerlo. Cuando éste la había tomado de la mano al pie de las escaleras, ella había sentido horrorizada cómo se le disparaban los latidos del corazón. Pero un rápido vistazo a aquella cara inexpresiva, a sus anchas espaldas, a su cuerpo musculoso, impecablemente vestido con un traje oscuro, había bastado para apaciguarle los nervios.

Leon Aristides parecía casi tan feliz como un condenado a muerte dirigiéndose a la silla eléctrica. En su intento por sonreír dibujó una especie de mueca burlona. Sin embargo, aquél era un matrimonio de conveniencia, tal como ambos habían acordado, así que ella no tenía nada de qué preocuparse.

Cuando por fin se hubieron intercambiado los anillos, ella sintió una extraña sensación de alivio. Entonces el oficiante pidió a Leon que besase a la novia. Ella necesitó de todo su autocontrol para no acobardarse cuando los labios de él se posaron brevemente sobre los suyos.

–Bueno, no ha sido tan terrible como pensabas –dijo en voz baja, con aire divertido e irónico, consciente del rechazo que Helen había manifestado al principio.

En efecto, como la propia Helen reconocería unas horas más tarde, no fue tan terrible. Ella se las había arreglado para controlar su deseo de marcharse de allí siempre que Leon pasaba un brazo alrededor de su cintura, recordándose a sí misma que todo aquello era necesario por el bienestar de Nicholas. Nadie parecía notar si tenía que apretar los dientes de vez en cuando para superar los pequeños temblores que experimentaba cuando él, de cara a la galería, ponía su mano sobre las suyas o le tocaba la mejilla en un gesto de aparente afecto. Y tras un larga y placentera comida y dos copas de champán, Helen, con la autoestima recobrada, estaba convencida de que ya había pasado lo peor.

Después de que Alex Stakis pronunciara un discurso y Leon dijera unas palabras, la fiesta se trasladó del comedor a un enorme salón, en una atmósfera más informal.

Helen había conocido al amigo y abogado de Leon, Chris Stefano, y a su esposa, Mary, una abogada inglesa que tras casarse con Chris había dejado de ejercer. Mary le produjo una buena impresión a Helen, y enseguida descubrió que era madre de un niño de ocho años, Mark, y de dos mellizos, un niño y una niña, de la misma edad que Nicholas, y como todos eran bilingües, los niños se hicieron amigos rápidamente.

Helen se quedó a solas un instante y se permitió lanzar un suspiro de alivio. Afortunadamente, Leon estaba conversando con Chris Stefano y con otro hombre. Ella echó un vistazo alrededor de la estancia. Gente distinguida y sofisticada charlaba y bebía en pequeños grupos. No era su ambiente favorito, y gracias a Nicholas su vestido desentonaba.

–Pareces un poco perdida –Mary Stefano se acercó donde ella estaba–. No te preocupes, te acostumbrarás –dijo mirando al grupo de hombres–. Llevo casada con Chris nueve años y en todo este tiempo nunca he ido a una fiesta, boda o bautizo donde los hombres no terminaran discutiendo de negocios, sobre todo Leon y Chris –dijo sonriendo.

–Entiendo –contestó Helen con otra sonrisa.

–Bueno, mira el lado bueno: al menos en la luna de miel Leon será sólo para ti.

–No vamos a tener luna de miel –confesó enseguida Helen. La mera posibilidad le hizo estremecerse–. Leon está demasiado ocupado, y yo tengo que cuidar de Nicholas.

–Menuda noche de bodas con tu hijo rondando para despertarte a primera hora de la mañana.

–No, Nicholas no es hijo mío –Helen se apresuró a aclarar–. Es hijo de Delia, pero siempre he cuidado de él mientras su madre estudiaba –una triste sonrisa se dibujó en su cara–. Ahora que Delia ya no está…

–¿De Delia, dices? –la interrumpió Mary, mirándola de una forma extraña–. Comprendo. Bueno, debo marcharme y buscar a mi camada. Son casi las siete, hora de irse.

Desconcertada por el comentario de Mary, Helen reflexionó un momento. Seguramente Leon habría dicho a sus amigos que Nicholas era hijo de Delia. Estuvo a punto de seguir a Mary y preguntarle, pero antes de que pudiera hacerlo apareció el oficiante, que comenzó lo que sería una larga conversación mezcla de inglés y griego. Los buenos modales la obligaron a quedarse y escuchar. Su dominio del griego era más bien escaso; se limitaba a lo que ella había podido aprender de su abuelo y de lo que Delia le había enseñado a Nicholas. El niño, por su parte, a su temprana edad, había absorbido el idioma muy bien, y Helen estaba segura de que, tras unas pocas semanas viviendo en Grecia, dominaría la lengua como un hablante nativo.

Cuando por fin se quedó sola y se dirigía hacia la puerta, dispuesta a buscar a Nicholas, un largo brazo se enroscó en su cintura.

–Helen, ¿vas a algún sitio?

Automáticamente se puso tensa y echó la cabeza hacia atrás para poder mirar a Leon a la cara.

–Voy a buscar a Nicholas. Hace tiempo que tenía que estar en la cama.

–No hace falta. Mary y Chris se lo van a llevar a pasar la noche con ellos.

–¿Por qué? –y sin darle tiempo a responder, prosiguió–: Nicholas nunca ha pasado una noche entera sin mí –ella sintió que la mano de él le apretaba la cintura y percibió un destello de burla en sus ojos. De repente, volvió a sentir unos nervios que le resultaban familiares.

–Entonces ya era hora de que lo hiciera. Ya sé que lo quieres, pero corres el riesgo de asfixiarlo –le dijo sin rodeos. Ella abrió la boca para objetar, pero él la cortó en seco–. Antes de que digas nada, Mary se ofreció a llevárselo y Nicholas está encantado con la idea. Aquí vienen.

Helen entró en su habitación y cerró la puerta. Todo había terminado. Dio al interruptor y un par de lámparas de mesa iluminaron el cuarto con una luz tenue. Por primera vez en tres años y medio no tenía a Nicholas a su lado. La sensación la entristeció. Tenía que aceptar que el niño estaba creciendo; su vida, sus horizontes, como era natural, se estaban expandiendo.

Además, Leon tenía razón sobre Nicholas: el niño se había marchado feliz con Mary y su familia. Cuando unas horas después los últimos invitados se hubieron ido, Helen se había quedado por fin a solas con Leon. Con el pretexto de que estaba agotada, lo cual no dejaba de ser cierto, ella había rechazado la propuesta de él para tomar una última copa.

Suspirando, se quitó el tocado de la cabeza. Entonces esbozó una breve sonrisa; al menos Nicholas había visto cumplido su deseo. Entró en el baño que había dentro de la suite. Era mayor que el dormitorio que tenía en casa. Junto con los habituales complementos de lujo, había un enorme *jacuzzi* circular, casi lo bastante grande como para nadar en él.

Helen se desnudó, se puso un gorro de baño y se dio una ducha rápida. Ya en el tocador, cubierta únicamente con una gran toalla de baño a modo de pareo, comenzó a cepillarse para quitarse los tirabuzones artificiales y devolver el pelo a su estado natural. Recogió las bragas y las depositó en el cesto de la lavandería, y colgó el traje en el vestidor adyacente. Abrió un cajón e hizo caso omiso del salto de cama, casi transparente; en su lugar tomó el camisón de algodón que le llegaba por las rodillas y que solía llevar en casa cuando andaba con Nicholas. Al ver los dos osos de peluche impresos en el camisón esbozó una tierna sonrisa.

Todavía estaba sonriendo mientras volvía al dormitorio cuando tropezó con la toalla de baño.

–¡Cuidado! –dos fuertes manos la agarraron por los hombros y la ayudaron a recobrar el equilibrio–. No tienes que arrodillarte a mis pies todavía –dijo una voz profunda en son de burla.

–¡Tú! –exclamó ella mirándolo a los ojos–. No estaba arrodillándome a tus pies –replicó con brusquedad al tiempo que le apartaba las manos de sus hombros y retrocedía unos pasos–. Esta toalla es demasiado grande –y él también lo era.

Helen sintió que le daba un vuelco el corazón al clavar su mirada en aquel cuerpo alto y musculoso. Leon sólo llevaba un albornoz negro que dejaba a la vista una gran parte de su pecho moreno y velludo y de sus largas y atléticas piernas. Sin poder evitarlo, Helen pensó que tenía un cuerpo magnífico para ser banquero. De pronto Helen cayó en la cuenta de que ella sólo llevaba encima una toalla, que además, al tropezar, se había deslizado peligrosamente hacia abajo. Soltó el camisón y apresuradamente se subió la toalla de baño tanto como pudo.

–Ésta es mi habitación y me gustaría que te fueras –le pidió con una voz algo vacilante.

–También es la mía, es la suite principal –repuso Leon riéndose. Helen se quedó perpleja ante tal descaro. Antes de que ella pudiese darse cuenta, y mucho menos protestar, sus fuertes manos la abrazaron por la cintura y la levantaron en vilo.

Con los pies en el aire, instintivamente ella se aferró a su hombro para mantener el equilibrio. Con la

otra mano, agarró el nudo de la toalla como si su vida
dependiera de ello. Nunca había estado a la misma altura que él. Sólo unos pocos centímetros separaban sus
caras. La turbada mirada de ella se topó con la relu-
ciente intensidad de aquellos ojos negros. El corazón
le latía con tal fuerza que parecía que se le iba a salir
del pecho. Tragó saliva y se dio cuenta de que su posición era ahora mucho más comprometida. Las manos
de él quemaban en su cintura, y la respiración de Helen se volvió de pronto errática.

–¿Qué diablos crees que estás haciendo? –con la
cara roja de vergüenza, Helen intentó liberarse–. Bá-
jame.

–Por supuesto –rectificó su postura de tal manera
que en lugar de abrazarla con las manos por la cintura,
ahora con un brazo la estrechaba firmemente contra su
vigoroso cuerpo y con la otra mano, enredada en la on-
dulante cabellera, le sujetaba la cabeza por detrás.

Ella lo miró fijamente como si estuviera hipnotizada. Vio sus facciones más de cerca. No se atreve-
ría… no podía estar a punto de besarla…

–Pero primero… –mientras los labios de ella tem-
blaban esperando su beso, los de él rozaban la suave
piel de su garganta.

El cálido y húmedo roce de su lengua abrasó su
piel, estremeciendo todo su cuerpo. La sensual boca de
Leon trazó una hilera de besos desde el cuello hasta
sus labios.

–No –apenas alcanzó a decir mientras intentaba resistirse, pero un extraño calor comenzó a desplegarse en
el centro de su ser. Su cuerpo la traicionaba al tiempo
que una marea de nuevas emociones la inundaba–. No
–esa vez el susurro era más bien un gemido. Sus labios
impotentes se abrieron bajo la constante presión de la
boca de Leon para aceptar la sutil penetración de su
lengua. Con su mano sujetándola por la nuca con firmeza, él la besó con una lenta e irresistible pasión que

convirtió aquel ardor desconocido en una llamarada capaz de derretirle los huesos. Ella nunca había pensado que un beso pudiera ser tan exquisito, que existiera algo tan placentero.

—¿Todavía quieres que te deje en el suelo? —la voz de él resonó en cada célula de su cuerpo.

La tentación de rendirse incondicionalmente a ese placer desconocido que él le ofrecía era insuperable. La mano que tenía en la nuca de ella descendió hasta sus desnudos hombros, abrazándola con fuerza contra sus formidables pectorales, a cuyo contacto respondieron los pechos de ella endureciéndose de forma inexplicable. La boca de Leon se volvió a posar sobre la de ella y la besó como nunca la habían besado. Ella se estremeció y se aferró a él. Las llamas del deseo ardían cada vez con más fuerza, y cuando por fin él levantó la cabeza, ella estaba impotente ante la tormenta de sensaciones que la devoraban como un fuego.

—Bien, Helen, ¿debo bajarte? —preguntó una vez más.

Ella tuvo el «no» de la capitulación suspendido en la punta de la lengua. Él deslizó aún más la mano y llevó a Helen hacia la rocosa pasión de su sexo. Oprimiéndola, sintió toda la rígida longitud de su excitación viril contra su estómago, y en un momento de claridad ella se dio cuenta de lo que podía suceder.

—Sí. Tú, tú… —angustiada, e incapaz de encontrar las palabras adecuadas, le dio un puñetazo en el pecho y comenzó a luchar como una desquiciada—. ¡Bestia!

Algo mortal brilló en las profundidades de los ojos masculinos, aunque lo ocultó enseguida.

—Está bien, ya te he oído —dijo en tono burlón, y la puso en el suelo.

Capítulo 6

SOFOCADA y aturdida, Helen retrocedió unos pasos haciendo eses. Intentaba desesperadamente asimilar lo que acababa de pasar. Quería chillarle; estaba furiosa y, además, sentía una frustración que no había experimentado jamás.

Él había dicho que se trataba de un matrimonio de conveniencia, pero... ¿para quién? Era una pregunta que debería haberse hecho cuando él le propuso matrimonio. Desde luego, no parecía convenirle a ella. Helen había abandonado su casa e ido a vivir a un país extranjero por complacerlo, y si él pensaba por un segundo que también iba a complacerlo en la cama, estaba muy equivocado. Ella agarró la toalla de baño y se envolvió en ella con determinación.

–¿A qué crees que estás jugando? –lo desafió–. El nuestro es un matrimonio de conveniencia; no lo olvides.

–Un matrimonio de conveniencia, sí, pero también un matrimonio legal, y como tal debes saber que lo suyo es consumar la unión. Si alguien está jugando aquí, ésa eres tú.

–¿Yo? –gritó Helen; no podía creer el cariz que estaban tomando los acontecimientos–. ¿Te has vuelto loco? –él sacudió la cabeza en un gesto de desprecio.

–Venga ya, Helen. ¿A quién crees que estás tomando el pelo? No soy estúpido. Tus pequeños gemidos y el suave rubor de excitación que colorea tu piel te traicionan. Tú quieres esto tanto como yo.

Helen permanecía inmóvil, confusa, observando

aquel rostro duro y atractivo. No podía creer lo que estaba oyendo. Él le puso las manos en los hombros y la miró a los ojos. Sus firmes labios dibujaron una sonrisa sensual. Todo en él desprendía seguridad.

—Disfrutarás como una loca, créeme.

Fue su colosal presunción lo que finalmente le hizo comprender; inmediatamente pasó de la confusión al desprecio.

—No, pedazo de chulo —le espetó, apartándolo de un fuerte empujón.

El rostro de él cobró un tono sombrío. Cualquier rastro de humor se esfumó.

—Es un poco tarde para jugar a la virtud ultrajada. No puedes pretender que eres inocente, Helen. Eres una mujer adulta, con las necesidades propias de una mujer. Es cierto, Nicholas puede haber limitado un poco tu vida amorosa, ¿pero acaso crees que no me di cuenta del arreglo que tenías con Mick, el guardia de seguridad? Y por lo que respecta al vestido que llevabas hoy, estaba pidiendo sexo a gritos. Así que déjate de juegos.

Él pensaba que Mick era su amante, y que su vestido de cuento de hadas era sexy. A Helen casi le dio un ataque de risa. Ella sacudió la cabeza en un gesto de asombro ante tantas equivocaciones.

—Yo no… —fue todo lo que alcanzó a decir antes de que Leon la interrumpiera.

—Oh, sí, tú sí —él le rodeó la cintura con un brazo y hábilmente le arrebató la toalla.

Era la primera vez en su vida adulta que se encontraba desnuda del todo delante de un hombre, y la sorpresa la dejó sin saber qué hacer. Cerró los ojos en un inútil gesto de defensa. Ruborizada, se echó hacia atrás como para apartarse de él, pero fue un error de cálculo.

—Exquisita. Helena de Troya no podía haber sido más bella —ella oyó el murmullo de aquella voz masculina y sus ojos se abrieron lentamente. Durante lo que pareció una eternidad, él se limitó a contemplarla. Entonces, con un dedo, siguió el contorno de sus pechos con tal sensualidad que Helen pensó que su corazón iba a detenerse. Respiró a fondo. ¿Cómo era posible que un roce tan ligero fuera tan irresistible?, se preguntó desesperada. Pero en un instante, al estrecharla con más fuerza contra su cuerpo, su desesperación se transformó en un total abandono. Su cuerpo se sobresaltó en respuesta al roce de sus muslos con los de Leon y sus piernas se mostraron incapaces de sostenerla. Los dedos de él se extendieron para aprisionar uno de sus pechos con la mano y pellizcar con dulzura el excitado pezón.

Leon murmuró algo en griego, pero ella apenas lo oyó; mientras, él se entregaba con la misma devoción al otro pecho. Un delicioso estremecimiento comenzó en sus pechos, se enroscó en su estómago y le llegó hasta la unión de los muslos, haciendo imposible cualquier resistencia. Gimió en voz baja mientras un placer inigualable la seducía por completo.

La boca de Leon reemplazó a los dedos. Al sentir el contacto de la lengua en su pecho, de los labios chupando y saboreándolos alternativamente, se sintió transportada desde el deleite más intenso hasta un dolor prodigiosamente placentero. Jadeante, arqueó la espalda de forma involuntaria mientras él la estrechaba aún más. Una línea de fuego iba desde sus pechos hasta la boca sedienta.

—¡Ah, Helen, eres tan hermosa y te entregas de tal forma! Eres todo lo que un hombre puede desear —le susurró dulcemente contra los labios antes de tomar posesión de su boca con un profundo beso.

Ella cerró los ojos. Sus manos tan pronto se aferraban a los hombros de él como se deslizaban con avidez por su cuello, rendida por completo a la magia de su boca. Como si fuese la señal que él había estado esperando, la levantó en brazos y la llevó hasta la cama.

Ella abrió los ojos y pudo ver el deseo en los de él. Por un instante, desorientada, se preguntó qué le estaba pasando. Él la tumbó sobre la cama y se despojó del albornoz. El asombro de Helen se transformó en pavor.

Su cuerpo apareció ante ella desnudo, perfilado por la tenue luz de las lámparas. Era magnífico, alto y trigueño, con unos espléndidos pectorales oscurecidos por un vello negro que apuntaba al centro de sus torneados abdominales y se ensanchaba para enmarcar la orgullosa potencia de su sexo. Helen lo contempló casi con miedo, pero sobre todo con entregada admiración. Cuando levantó la vista vio cómo se tendía a su lado, dibujando una ardiente y sensual sonrisa.

—Por tu expresión parece como si nunca hubieras visto antes a un hombre desnudo, y sin embargo los dos sabemos que no es así —se rió entre dientes e inclinándose sobre Helen tomó con una de sus manos las de ella y se las colocó sobre la cabeza—. Pero no importa, me enciendes —susurró. Mientras gozaba recorriendo con la mirada el cuerpo desnudo de ella, posó su mano libre en uno de sus pechos.

Ella no sabía de qué estaba hablando, y de pronto el miedo sobrepasó a la fascinación.

—No —dijo de forma entrecortada, como quien despierta de un sueño—. No puedes —se quejó, aunque su protesta se transformó en un gemido cuando él se llevó uno de los pezones al calor de su boca, mientras que sus habilidosos dedos jugaban con el otro.

—Claro que puedo. Te doy mi palabra de que te gustará, *ma petite* —él exprimió su pecho y jugó con el pezón entre sus dedos, tirando de él con delicadeza hasta que ella dejó escapar un gemido de placer—. Y para ello debo poseerte sin prisa —dijo mientras su diestra boca atormentaba uno de los pechos y luego el otro, antes de volver a besarla una vez más.

Las sensuales embestidas parecían deliberadas, como si estuvieran diseñadas para volverla loca de placer. Mientras, las manos de él continuaban acariciando sus doloridos pechos.

–Te gusta que juegue con tus pechos –le dijo riéndose–. Me pregunto cuánto puedo gozar este pequeño cuerpo tan perfecto –siguió con sus dedos la delgada cicatriz que Helen tenía en el vientre–. ¿Apendicitis? –preguntó.

Helen se puso tensa; ¿se lo debía decir?

–Ay, Helen –la mano que la sujetaba por las muñecas descendió por el brazo y una miríada de nervios se estremecieron a su paso–. No debes avergonzarte; tanta perfección requiere de alguna deliciosa tacha.

La besó y lamió bajando hasta su garganta al tiempo que la acariciaba y la inflamaba de placer. Le separó los muslos con su cuerpo y de nuevo saboreó aquellos doloridos pechos. Descendió con la lengua hasta el ombligo, y se detuvo en la delgada cicatriz.

Por un instante, Helen consideró la idea de resistirse, pero murió tan pronto como sintió el calor de la boca de Leon deslizarse hacia abajo y los dedos de él tocar el vello en la cumbre de sus muslos. Su pelvis se arqueó instintivamente. Estaba entregada. Pero Leon no quiso apresurarse. Su mano rozó el interior de sus muslos, pero evitó el lugar que ella tanto ansiaba que acariciara.

Las manos de Helen estaban ahora libres para arremeter contra él, pero ya no tenía ningún deseo de hacerlo, completamente cautiva como estaba por el salvaje placer que él le despertaba. Se aferró a sus hombros. Los dedos de ella disfrutaban del suave tacto de su piel. Él la besó, y esa vez sus lenguas se buscaron con una pasión salvaje.

Vacilante, los dedos de Helen descendieron por su columna hasta aferrarse a los duros glúteos de Leon; después subieron por el vientre hasta el pecho, entreteniéndose en su vello y rasguñando audazmente los pezones. Lo oyó gemir y, sintiendo cómo se sacudía su cuerpo, lo mordisqueó allí donde antes habían estado sus dedos. Fascinada por el descubrimiento de que ella también podía excitarlo, hincó con avidez sus dedos en los músculos y tendones de su formidable cuerpo.

El resto del mundo dejó de existir para Helen. Estaba completamente consumida por aquel hombre y por el tortuoso placer que despertaba en ella. Lanzó un gemido cuando los largos dedos de él por fin separaron los aterciopelados labios de su sexo y la encontraron excitada, húmeda y deseosa. La sutil maestría de aquellos dedos que exploraban el húmedo centro de su feminidad la hizo gemir en voz alta, mientras experimentaba por primera vez en su vida la increíble concentración de placer físico que el más íntimo contacto de un hombre podía estimular.

–¿Me deseas? –preguntó Leon, mientras acariciaba su sensible clítoris. Necesitaba escucharlo de sus labios, aunque conocía la respuesta con cada estremecimiento, con cada gemido que escapaba de su deliciosa boca cuando él incrementaba hábilmente la rítmica presión, hasta que ella se retorció como una salvaje bajo su cuerpo.

Se puso un preservativo. Duro como una roca, necesitaba estar dentro de ella; la volvió a acariciar y vio que sus ojos brillaban de deseo. Ella era asombrosa, y su pequeño cuerpo, una hoguera de pasión. Leon pensó que no podría aguantar ni un momento más.

–Di la palabra, Helen.

–Sí, sí –gimió.

Entonces la levantó y con un certero movimiento la penetró. Helen era pequeña y firme, y según se agitaba dentro de ella, él sintió una resistencia inesperada y la oyó llorar de dolor. Haciendo un esfuerzo sobrehumano por controlarse, Leon dejó de moverse. Con su boca absorbió su llanto, besándola de forma prolongada. Helen pasó en un segundo del delirio a permanecer completamente inmóvil. Su cuerpo se arqueó en un intento instintivo de quitárselo de encima.

–Para, Helen, deja de luchar conmigo. Confía en mí –dijo acariciando sus caderas, y retrocedió imperceptiblemente para avanzar de nuevo un poco más.

Resultaba increíble, pero Helen aún era virgen. Consciente de lo primitivo de ese instinto masculino, sintió una abrumadora necesidad de poseerla por completo. Era suya y de nadie más. Haciendo uso de toda su experiencia, la tocaba y acariciaba. Con la lengua buscaba el húmedo interior de su boca con una sensualidad que reflejaba lo que deseaba hacer con su cuerpo. Pero sabía que tenía que concederle tiempo.

–No, no –gimió ella.

–Shh, Helen –susurró. Su mano comenzó a recorrer el tembloroso cuerpo de ella hasta abarcar un suculento pecho–. Te prometo que dentro de un momento me suplicarás que continúe –con la punta de la lengua recorrió lentamente la forma de su boca antes de volver a buscar dentro la dulce y excitante pasión.

Enseguida Helen se dio cuenta de que Leon tenía razón. El dolor remitió milagrosamente y un estremecimiento de renovado placer la atravesó mientras él seguía besándola y acariciándola. Con un leve empujón de su cintura, él se movió dentro de ella, despacio, acostumbrándola a su gruesa dureza, excitándola con pacientes embestidas.

Helen enseguida se olvidó de todo, salvo de aquella fuerza que, dentro de ella, la llevaba inexorablemente una vez más a la tortuosa antesala del éxtasis. Se aferró a él como si fuera su tabla de salvación. Entonces, con un profundo y vigoroso impulso, él la condujo al extremo del placer mientras el cuerpo de ella se convulsionaba formando olas gigantescas. Ella pronunció el nombre de él en voz alta, al tiempo que con las piernas se abrazaba firmemente a su cintura sin querer dejarlo ir, deseando que aquella sensación telúrica durase para siempre. Ella notó cómo se ponía tenso y le oyó gemir cuando su cuerpo se estremeció violentamente con la poderosa fuerza de su orgasmo.

Inmovilizada bajo el peso de Leon, las tempestuosas embestidas de su amor fueron poco a poco disminuyendo, dejando su cuerpo palpitante en un estado de lánguida satisfacción.

Atónita, miró a su amante, a su marido. Nada de lo que había experimentado o imaginado antes en su vida se acercaba siquiera a la pasión que él había desatado.

–Leon, nunca imaginé –susurró– que hacer el amor podía ser tan intenso, tan alucinante –con una sonrisa alargó un dedo hacia Leon para dibujar el perfil de su boca–. Leon –pronunció–, Leon –había pasado de no llamarlo por su nombre si podía evitarlo a no cansarse de repetirlo.

Para Leon, aquello era una tentadora invitación pero, consciente de que ella acababa de perder la inocencia, sabía que no podía aceptarla.

–Helen –respondió satisfecho, y apoyándose sobre un costado, contempló el esbelto cuerpo de su mujer, su despeinado y sedoso pelo, y la estupenda sonrisa de sus labios ligeramente hinchados.

¡Por Dios que era buena! Mejor que buena, asombrosa. Ahora le resultaba inconcebible haber podido pensar que no era su tipo. Tenía todo lo que un hombre podía desear. Tuvo que resistirse al deseo de besar aquellos sabrosos labios y de comenzar de nuevo.

Acostumbrado a mujeres sofisticadas para quienes tener relaciones sexuales era una especie de placentero entretenimiento, ver una expresión de auténtico asombro en aquellos enormes ojos violeta era toda una nueva experiencia. En sus treinta y nueve años nunca había conocido a una mujer como ella, inocente y sensual a la vez. Entonces se dijo cínicamente que aunque fuera inexperta en materia sexual, en todo lo demás era tan resabiada como las otras mujeres que había conocido.

No obstante, era muy halagador para su ego el haber sido el primer hombre con quien se había acostado. Teniendo eso en cuenta, pensó que debía dejar que se recuperase, aunque su cuerpo le dijera otra cosa. Sus ojos se posaron en aquella encantadora cara. Estaba hecha para el sexo, y así como aquel día había sido suya, habría muchas más ocasiones en el futuro para poseerla.

Regodeándose con esa idea, le dijo:

—Ahora eres mi mujer —una sonrisa de pura satisfacción masculina centelleó en sus ojos negros—. También estás llena de sorpresas. ¿Quién habría imaginado que una mujer tan atractiva como tú aún era virgen? —sacudió la cabeza en un gesto de asombro, y se levantó de la cama para contemplarla mejor—. Me siento halagado de que disfrutaras de esta primera vez, Helen. Y debo confesarte que me ha encantado descubrir que tienes una habilidad natural para el sexo —dicho lo cual, se dirigió al baño para no sucumbir de nuevo a la tentación que ella representaba.

Ya en el baño, tiró el preservativo y se lavó las manos. Pensó satisfecho que no necesitaría volver a usar protección mientras la adiestraba en los diferentes aspectos del sexo. Un escalofrío de placer le estremeció al pensarlo. Disponía de toda una vida para disfrutar de los placeres de la carne con Helen, y sorprendentemente la idea de estar ligado a una mujer durante años no le desagradaba en absoluto.

Helen lo siguió con la mirada embelesada mientras aquel hombre alto, ágil y musculoso se dirigía al baño. Incrédula, se asustó al observar los arañazos que él tenía en la espalda y los glúteos. ¿Se los habría hecho ella? Ay, Dios, sí. ¿Qué la había poseído?

Las últimas palabras que había pronunciado Leon resonaron en su cabeza, despertándola de su dulce sueño. No habían sonado muy halagadoras. Se dio cuenta de que el tono que él había empleado ofendía su sensibilidad, y en aquel momento comprendió lo tonta que había sido. La experiencia más emotiva y trascendental de su vida apenas había significado nada para Leon. Para él, había sido simplemente sexo, un modo de asegurar la absoluta legalidad de su unión.

Por un momento se había permitido el lujo de olvidar quién era Leon: un banquero curtido y cínico, un hombre que manejaba vastas cantidades de dinero, un hombre nacido para tener presente cualquier eventualidad, para controlarlo todo, incluyendo a Nicholas y a ella misma.

Sintió vergüenza ante su propia ingenuidad, ante su incondicional entrega. La referencia que él había hecho a su habilidad para el sexo la hizo sentirse humillada. ¿Por qué le había seguido el juego?

La respuesta estaba en cada poro de su cuerpo, en los labios hinchados y en los tiernos pezones de sus pechos, porque ella quería a Leon del modo más primitivo posible, pero nunca lo había reconocido.

Instintivamente, había temido que algo así ocurriera desde la primera vez que se fijó en él. Cuando se volvieron a encontrar, se había dicho que era absurdo asustarse de aquel hombre. Podría haber recordado que la primera impresión era normalmente la correcta; podría haber salido corriendo tan rápido y tan lejos como hubiera sido posible cuando él reapareció en su vida. Ahora era demasiado tarde. Se había casado con aquel hombre, y por el bien de Nicholas iba a tener que convivir con él, pero no tenía por qué acostarse con él. Leon había dicho que tenían que consumar el matrimonio. ¡Por Dios que lo habían hecho! Pero no se quedaría esperando un segundo acto.

Finalmente encontró su camisón en el suelo, lo recogió y se lo puso. La habitación de Nicholas estaba libre, así que pasaría el resto de la noche allí y por la mañana buscaría otro lugar. Apartándose el pelo de los ojos, se dirigió hacia la puerta.

Con la arrogante seguridad de un hombre autosatisfecho, Leon se envolvió en una toalla y volvió a la habitación. No sólo tenía a Nicholas, un auténtico Aristides, su futuro heredero, sino que además contaba con Helen como esposa. Miró la cama y vio que estaba vacía. Echó un vistazo a la habitación. Helen estaba casi en la puerta.

–¿Vas a alguna parte? –preguntó, acercándose resueltamente a ella. El buen humor le había desaparecido. Ella se volvió. Aquellos ojos violeta que hacía poco lo habían mirado fascinados ahora brillaban en actitud desafiante.

–Sí, voy a buscar una habitación para mí.

–Tu habitación es ésta –dijo enojado.

Ella debía comprender que su lugar estaba con él en su cama. La tomó por los hombros y la escudriñó con la mirada. Fue la ropa lo que captó su atención y de algún modo difuminó su enfado. Para un hombre acostumbrado a que sus mujeres se vistieran con finas sedas y rasos aquello era una auténtica sorpresa.

–¿Qué demonios llevas puesto? –preguntó incrédulo fijándose en los osos de peluche dibujados en el camisón.

Helen confiaba en que fueran los ositos y no sus pechos lo que atraía su atención, pero muy a su pesar, no pudo evitar, avergonzada, que esos mismos pechos se endurecieran. Leon, con una toalla liada a la cintura, era una visión irresistible para cualquier mujer y ella, para su disgusto, no era una excepción.

–Es mi camisón de los ositos de peluche –respondió. El ambiente estaba cargado de tensión–. A Nicholas le gusta, y en todo caso no es asunto tuyo lo que me pongo o me dejo de poner.

–Tal vez no, aunque tu exquisito cuerpo merece la seda más fina –opinó mientras sus manos aumentaban la presión sobre sus hombros y tiraba de ella hacia sí. La mirada abiertamente sexual de Leon le aceleró el pulso a Helen–. Pero lo que sí es asunto mío es dónde duermes, y debe ser en mi cama.

–No, gracias –Helen apenas podía mirarlo sin ruborizarse–. Quiero tener mi propio dormitorio.

–Eres tan educada, pero eso no es posible, y en cualquier caso toda tu ropa se encuentra aquí. Seguramente no querrás molestar a Anna pidiéndole que la saque de nuestra suite después de una sola noche –dijo seguro de sí mismo. A Helen no le hizo gracia ni que mencionara a Anna ni el tono burlón que empleó. Estaba claro que para él lo que acababa de ocurrir era muy divertido, pero para ella era una situación totalmente humillante.

–No hay tal cosa como «nuestra» suite –replicó ella. Leon era tan engreído que nada podía hacer mella en su desmesurado ego masculino. Ella continuó desafiante–: Mañana pediré disculpas a Anna por las molestias, pero no me quedaré aquí contigo.

–No tienes elección. Eres mi mujer y tu lugar está en mi cama. No pongas a prueba mi paciencia. Te lo tengo dicho, no me gustan las mujeres que me quieren tomar el pelo.

–No te estoy tomando el pelo –rebatió, humillada–. Tú dijiste que teníamos que consumar el matrimonio. Pues bien, eso es justamente lo que hemos hecho. Y no tengo ningún deseo de repetir la experiencia.

–¿Ah, no? –Leon la abrazó firmemente por la cintura–. Si fueses sincera admitirías que tienes miedo de tu propio deseo.

Aquel contacto con el atlético cuerpo de Leon la trastornó. Se sentía a un tiempo avergonzada y excitada, pero también tremendamente furiosa.

–No –gritó ella–. Te odio –dijo retorciéndose inútilmente con todas sus fuerzas para liberarse.

–No me conoces lo suficiente como para odiarme.

Eso tal vez venga después; uno nunca sabe con las mujeres –soltó con aspereza mientras la mantenía presionada contra su cuerpo–. Pero lo que ahora odias es el hecho de que haya sido yo quien te enseñara lo mucho que te gusta el sexo, y te odias a ti misma por disfrutarlo con alguien a quien no conoces bien.

Helen lo miró con resentimiento.

–Eso no es verdad; tú me engañaste, te comportaste como un animal.

–Un animal macho que te hizo gozar como una loca, y tengo las marcas que lo prueban –afirmó con indisimulada satisfacción.

Helen se ruborizó e intentó evitar su mirada para ocultar lo vulnerable que era. Leon le agarró con una mano la barbilla.

–No permitas que ello te perturbe, Helen. Disfruté recibiendo esos arañazos. Disfruté contigo –pasó el pulgar por su labio inferior–. Tu problema es que lo pasaste bien, pero no quieres admitirlo.

–No. Yo no sabía lo que hacía. Me pillaste por sorpresa.

–Desde luego me sorprendes. Nunca podría haber imaginado que una mujer tan bella fuese aún virgen a tu edad. Lo que me lleva a creer que has sido una ingenua víctima de la típica ilusión femenina; ésa según la cual algún día uno se enamora y vive feliz para siempre. Esta noche fue tu primera vez y, aunque gozaste como nunca, es evidente que para ti ha supuesto una conmoción dada tu inexperiencia. Has descubierto que el amor, si es que existe –añadió cínicamente–, no es un requisito para el buen sexo. Con este descubrimiento tus ilusiones infantiles se han hecho pedazos.

–Al menos yo tenía algo, pero tú tienes el corazón de piedra y eres incapaz de sentir –el hecho de que él no creyera en el amor no la sorprendió en absoluto.

–Bueno, esta vez, mi dulce esposa, te avisaré con

antelación para que no digas que te pillo por sorpresa. Voy a besarte.

Aquellos ojos negros la miraban implacables, ardiendo en deseo. Helen quería apartar la vista, romper el poder cautivador de su sensualidad.

–No, por favor –pero el brazo de Leon la estrechaba más y más, y todo lo que su cuerpo deseaba era rendirse de nuevo a su poderosa fuerza viril.

Ella hizo un débil intento por liberarse, pero él, inclinando la cabeza, la besó, y ahondando con su lengua entre los labios de Helen con una pasión arrebatadora, la sumergió en el mismo estado de exaltación sensual que había experimentado antes.

Los brazos de ella se enroscaron en su cuello. Sus dedos buscaron la espesa cabellera de Leon, adentrándose hasta las raíces con un placer arrebatador. Ella se rindió a su beso como una mujer hambrienta, ajena a todo excepto al hombre que la abrazaba y la besaba. Giraba en un remolino de placer sobre el que no tenía ningún control.

–¿Ese «por favor» es un sí? –susurró Leon contra su boca, levantándola en brazos.

Helen lanzó un gemido de conformidad. La primera vez había sentido miedo, pero esa vez no. Ahora se consumía en un deseo que sólo Leon podía saciar.

Y cuando él la tumbó sobre la cama, sus ojos contemplaron de forma descarada aquel magnífico cuerpo musculado. Leon la miró fijamente, luchando con su conciencia, pero la suave boca, los grandes y tentadores ojos y los duros pezones dibujados a través de la tela hicieron toda resistencia inútil. Con un hábil movimiento la despojó de la ropa y la estrechó en sus brazos mientras sus manos, ansiosas, recorrían los tersos senos. Besó y lamió cada pezón antes de regresar a su boca, para terminar poseyéndola por entero.

Capítulo 7

HELEN yacía hecha un ovillo sobre la enorme cama, lo más lejos posible de su indómito marido. El sonido regular de la respiración de Leon indicaba que estaba profundamente dormido.

Pero para Helen el sueño resultaba esquivo. Se sentía avergonzada y humillada de sólo pensar lo que había hecho. ¿Cómo había tenido tan poca fuerza de voluntad? ¿Cómo pudo ser tan lasciva, besando, tocando, arañando con tanta avidez? ¿Cómo podía su cuerpo haberla traicionado de aquella manera, no una, sino dos veces? Era fácil, se dijo antes de hundir la cabeza en la almohada. Había sido seducida por un auténtico experto.

Revolviéndose en la cama, Helen intentó borrar aquel segundo gran error de su memoria. La última vez su comportamiento había sido incluso peor. Lo había acariciado y tocado abiertamente, explorándolo con el mismo íntimo detalle que él había empleado con ella. Lo único importante al final habían sido los dos cuerpos sudorosos frotándose, tocándose, saboreándose en una orgía de creciente abandono que había culminado en un clímax explosivo.

Por muy doloroso que fuera admitirlo, por alguna inexplicable razón estaba volviéndose incapaz de resistirse a los encantos de aquel hombre. Sabía que por ese camino sólo encontraría dolor. Leon Aristides era el hombre más tiránico y cínico que había conocido nunca. Además, de creer sus comentarios sobre el sexo femenino, era un misógino. Estaba claro que no era el hombre ideal del que enamorarse.

Con los ojos bien cerrados, se prometió en silencio que nunca permitiría que su engreído marido la tocase de nuevo. Al día siguiente hablaría con Anna y tendría su propia habitación, dijese Leon lo que dijese, y estando pensando en ello, exhausta como se hallaba, se quedó dormida.

Helen parpadeó y dio un amplio bostezo. El sonido lejano de una puerta resonó en su cabeza. Se puso bocarriba y se estiró en la cama. Le dolían partes de su cuerpo cuya existencia desconocía. Entonces lo recordó todo. Abrió los ojos y la luz del sol que entraba por la ventana la deslumbró.

–Buenos días, señora.

Pestañeando de nuevo, se fijó en Anna, quien, de pie al lado de la cama, portaba una bandeja con el desayuno.

–El señor dijo que la dejáramos descansar, pero son casi las doce y pensé que tal vez le gustaría un café y comer algo.

–¿Las doce? –exclamó Helen sorprendida–. Siento haberme despertado tan tarde, y gracias, Anna –dijo tomando la bandeja.

–Señora, no hay ninguna prisa, el señor se ha ido a recoger a Nicholas y aún tardarán. Tómese su tiempo –Helen se sorprendió por la amplia sonrisa que Anna le dedicó–. Y si me permite, señora, conozco al señor desde que tenía ocho años, ya que primero fui su niñera. Lo he visto crecer y convertirse en el hombre que es hoy, y francamente puedo decirle que nunca lo había visto tan feliz como esta mañana. Quiero darle las gracias por ello. El señor se merece un poco de felicidad en su vida. Su madre era una mujer difícil y apenas se ocupaba de él, y en cuanto a su primera esposa... –Anna hizo un gesto de desaprobación–. Aunque supongo que usted ya lo sabe todo sobre ella y no debería hacerle perder el tiempo con mis chismes. Pero cualquier cosa que quiera sólo tiene que pedírmelo –acto seguido sonrió y abandonó el dormitorio.

«Me pregunto si eso incluye un dormitorio aparte», rumió Helen mientras se tomaba el café y comía las exquisitas pastas que le había llevado Anna. Por alguna razón pensó que no. Preocupada, su mirada se posó en el otro lado de la cama. Entonces recordó vivamente lo sucedido la noche anterior; recordó el formidable cuerpo de Leon sobre ella, dentro de ella, poseyéndola de nuevo mientras la luz del alba inundaba la habitación. Por fin saltó de la cama y se dirigió al baño.

Abrió la ducha y permaneció bajo el relajante chorro intentando olvidar los obsesivos recuerdos de la noche anterior. Estaba decidida a no repetir el error. Treinta minutos más tarde, con el pelo seco, observó su propia imagen en el espejo. Parecía diferente; sus labios estaban aún ligeramente hinchados por los besos de Leon. Tenía zonas enrojecidas en los pechos y en el estómago, testimonio de la pasión de su marido. Se apartó del espejo y se vistió con rapidez. No quería seguir dándole vueltas a aquello. Eligió unos vaqueros azules y una camisa amarilla y se peinó el pelo hacia atrás. Se calzó unas zapatillas y se aventuró fuera del dormitorio.

Allí estaba él, al pie de las escaleras, como el día anterior, sólo que esa vez iba vestido de manera informal, con un suéter de lana blanco y pantalones oscuros. Nicholas estaba a su lado.

–Tío Leon dijo que teníamos que dejarte descansar –explicó alegremente Nicholas. Helen se puso colorada, y su flamante marido sonrió de forma sincera, lo que le hizo ruborizarse aún más.

–Sí, bueno –balbuceó Helen, bajando las escaleras y dando un fuerte abrazo a Nicholas–. Ahora cuéntamelo todo sobre la noche que has pasado fuera.

Los nervios de Helen se tranquilizaron un poco

mientras Nicholas estuvo contando lo que había hecho y Anna servía el almuerzo. Después, Leon, para sorpresa de Helen, insistió en llevar a Nicholas arriba para dormir la siesta y le prometió que más tarde jugaría al fútbol con él, así mientras tanto Anna podría mostrarle toda la casa a Helen.

Los ocho dormitorios y los cinco recibidores la impresionaron, pero no podía dejar de pensar que le faltaba algo de calidez. Todo en ella era impecable. Sus vistosos techos altos, los frescos y los suelos de mármol, el mobiliario a juego con el resto de la casa... Tal vez demasiado perfecto: una típica residencia de banqueros estirados.

Helen aprovechó la ocasión para contarle a Anna que era ilustradora y preguntarle si podía tener una habitación a modo de estudio, a ser posible no demasiado lejos del cuarto de Nicholas, ya que solía trabajar cuando él dormía. Anna la complació encantada y le enseñó un dormitorio que se encontraba en el mismo pasillo que el del niño. Cuando Anna volvió abajo, se apresuró a desempaquetar el caballete portátil y los cuadernos de dibujo y a trasladar algunas prendas de ropa esenciales de la suite principal. No le importaba lo que Leon pudiera pensar. Iba a tener su propia habitación.

Para su sorpresa, el resto del día fue bastante entretenido. Helen se unió a Nicholas y a Leon en el jardín; tras la lluvia del día anterior resultaba agradable salir fuera a recibir un poco de sol. La animaron para que jugase al fútbol con ellos, y le dio un ataque de risa cuando su marido pisó el balón y se cayó a sus pies en su ansia por quitárselo. Nicholas saltó inmediatamente a la espalda de su tío pretendiendo que hiciera de caballo.

Había algo muy gratificante en el hecho de ver a Leon de rodillas.

–Cabalga, vaquero –gritaba Helen animando al niño. Pero cuando Nicholas se cansó del juego, Leon lanzó una perversa mirada a Helen.

–Te toca, Helen –y mirando a Nicholas, añadió–: ¿Qué opinas? ¿Le toca montar a Helen?

–Sí, sí –gritó feliz Nicholas.

–No, no deberías –dijo Helen, poniéndose colorada por el doble sentido de la expresión. Pero en realidad estaba muy contenta de lo bien que se llevaban todos. Leon parecía casi un niño y estaba más relajado, lo cual era un buen augurio de cara a la familia que ella esperaba formar. Dando la espalda a los chicos, se escabulló–. Y creo que ya es la hora del té.

–Lo siento, Nicholas, Helen piensa que es demasiado mayor para jugar.

Ella oyó el burlón comentario y se dio la vuelta.

–¿Vieja, *moi*? –exclamó en tono de broma–. Eres bastante descarado a tus años –él la miró con picardía, y ella salió disparada hacia la casa mientras Nicholas y Leon la perseguían.

Con Nicholas acostado, Leon se marchó para hacer algunas llamadas de trabajo y Helen se quedó leyéndole un cuento. Cuando dos horas más tarde ella entró en el comedor, sintió inmediatamente que la agradable atmósfera de la tarde se había esfumado. O tal vez había sido fruto de su imaginación. Leon llevaba una camisa y unos pantalones negros. Se hallaba de pie al lado del mueble-bar con una copa en la mano y una expresión pensativa en la cara. Estaba muy atractivo vestido de manera informal; parecía más un bandido que un banquero, pensó Helen.

Ella frunció el ceño. Probablemente la camisa de Leon estaba hecha a medida en Turnbull y Asser, y sus pantalones también eran de diseño. Podía permitirse la ropa más cara, así que no era de extrañar que tuviese un aspecto magnífico, se dijo a sí misma, negándose a reconocer la creciente atracción que sentía por él.

Leon vio el ceño de Helen. Su propia expresión era de fría indiferencia, pero en su interior la cosa era muy distinta. Para un hombre que se jactaba de ejercer una rígida autodisciplina, resultaba preocupante observar que no tenía ningún control sobre su cuerpo. Desde la adolescencia, nunca había sentido un deseo tan imperioso, lo cual no le hacía ninguna gracia.

Ella llevaba un vestido abierto azul claro que acentuaba su esbelta cintura y se adaptaba a sus caderas y muslos como si fuera una segunda piel. Tenía unas medias de seda y unos zapatos azul oscuro de tacones altos. Estaba muy hermosa y elegante. No cabía duda de que lo había sorprendido una vez más.

El día anterior el vestido de novia y ahora eso. Primero la vio como una Lolita, falsa y ávida de dinero, y luego como una hippie con vaqueros y suéter. La imagen que tenía de ella estaba cambiando constantemente, y eso le preocupaba.

–¿Te apetece beber algo? –le preguntó Leon secamente.

–No, gracias. Tomaré una copa de vino en la cena –ella lo miró y se sentó a la mesa, ignorándolo.

Él se sentó enfrente de ella, sirvió el vino y, mientras Anna llevaba el primer plato, observó a Helen con ojos pensativos. Ella era un enigma para él, como no lo había sido ninguna otra mujer. Bella e inocente, cariñosa y compasiva. También era reservada y ávidamente sensual; una combinación explosiva y peligrosa para el equilibrio psicológico de Leon. Helen le inquietaba, y no terminaba de entender por qué.

–Mañana, Helen, tengo reuniones desde la mañana hasta la noche –dijo tratando de convencerse de que no había nada de lo que preocuparse. Todo lo que tenía que hacer era continuar como hasta ese momento, volcado en el trabajo. Sólo entonces se relajó y pudo pensar en disfrutar de la noche que tenía por delante con aquel delicioso y grácil cuerpo–. He arreglado con Mary Stefano que os recoja a ti y a Nicholas para llevaros a ver la escuela infantil en que está matriculado. Es la misma escuela a la que van los hijos pequeños de Mary, y a ellos les encanta.

Tras estar toda la cena en silencio, Helen se sorprendió al oír aquello. Miró al otro lado de la gran mesa del comedor y vio que él disfrutaba del filete, totalmente ajeno a su presencia. Lamentablemente ella no podía decir lo mismo. Tan pronto como Nicholas se fue a la cama, volvió a sentir la tensión que la oprimía cuando estaba cerca de él.

–¿Y no tengo nada que decir sobre el particular? –preguntó ella.

–En este caso, no, ya está hecho.

–¿Y si no me gusta? –preguntó con tranquilidad, aunque por dentro estaba furiosa. Menudo dictador–. Yo soy su tutora, tanto como tú. Al menos deberías haberme consultado primero.

Él la miró con cara de pocos amigos.

–Te lo aseguro, esta escuela infantil es la mejor de Atenas, y como el niño ya conoce a los hijos de Mary, no le costará adaptarse.

–¿Por qué debería creerte? –Helen tenía ganas de pelea. Desde el momento en que Leon apareció en su vida, había tomado el control de todo con una determinación que no dejaba resquicio al desacuerdo. Helen estaba profundamente resentida, tanto por su propia debilidad como por la fuerza que él mostraba. De pronto soltó–: Me obligaste a dejar de cenar con Nicholas para hacerlo contigo desde la primera noche en que llegué –dijo apartando su plato de un empujón.

–Bueno, sabes que no quiero cenar tarde. Prefiero tomar una comida ligera y cenar temprano –sabía que estaba siendo quisquillosa, pero era algo superior a sus fuerzas–. Se me escapa por completo cómo hemos pasado de hablar de la escuela de Nicholas a lo de la hora de la cena. La mente femenina es un misterio para mí.

La miró despacio, deteniéndose en la abertura del escote de su vestido.

–Pero en caso de que no lo hayas notado, Helen, yo soy un hombre corpulento. Un sándwich de queso y una tostada con huevos revueltos y un poco de beicon no me bastan para todo un día. Pero entiendo que sea suficiente para Nicholas o para alguien de tu estatura.

A Helen no le hizo ninguna gracia la indirecta sobre su tamaño. Su enfado aumentó al recordar que eso mismo era lo que le había ofrecido el día en que se presentó en su casa.

–Si todavía tenías hambre, deberías haberlo dicho en su momento. No eres precisamente tímido cuando se trata de pedir lo que deseas –declaró con rotundidad.

–Es cierto, pero tan pronto como llegué al hotel encargué algo de comer, así que no te tortures al respecto.

–No te preocupes, nunca sufriría por ti –le provocó.

Los ojos violeta de Helen era claros como zafiros en comparación con su piel sonrojada. El vestido azul revelaba que el rubor no se limitaba a su cara, y que la causa no era sólo la ira. El cuerpo de Leon reaccionó en consecuencia.

–Uno nunca sabe. Un día, cuando me conozcas un poco mejor, podrías verlo de otra manera. Pero mientras tanto, acábate la comida. No quiero que estés débil para lo que tengo en mente.

Para Helen, aquella descarada insinuación era la gota que colmaba el vaso.

–Ya he terminado –repuso mirándolo encolerizada. Los ojos de él desprendían una sensualidad de la que ella se percató enseguida. El corazón de Helen se aceleró y se le secó la boca; se odiaba por su debilidad. De repente, se levantó–. Voy a ver cómo está Nicholas; al fin y al cabo es la única razón por la que estoy aquí.

–Como quieras. Tengo que hacer algunas llamadas al Extremo Oriente. Habré terminado en una o dos horas –y continuó comiendo. Helen, por su parte, se marchó dando un portazo.

Ella miró alrededor del gran vestíbulo y lanzó un suspiro. Probablemente, se había excedido al cerrar de forma tan brusca, pero no le importaba. Se pasó por la cocina para decirle a Anna que no tenía más hambre y que se iba a la cama con una taza de chocolate.

Subió las escaleras e, ignorando la suite principal, echó un vistazo a Nicholas y luego continuó hasta la habitación situada al fondo del pasillo. Cerró la puerta, se desvistió y entró en el pequeño baño del cuarto. Se puso un camisón blanco y se metió a gatas en la cama.

Reclinada sobre las almohadas, se sentía a gusto. La habitación era mucho más pequeña que la suite principal, pero tenía un pequeño baño y estaba agradablemente decorada. Junto a una de las paredes había una cómoda, un tocador y un ropero. Al lado de la ventana había un sofá, una silla y una mesita, pero ella los había puesto a un lado para dejar sitio al caballete; en la amplia repisa de la ventana había colocado los cuadernos de dibujo, los pinceles y las pinturas. No era perfecto, pero la luz era buena y serviría, pensó complacida.

Se acomodó contra el cabecero de la cama y tomó un sorbo de chocolate caliente. Desde que había llegado a Grecia hacía dos días, no se había sentido tan relajada. Debía aceptar que ahora aquélla era su vida si no quería perder a Nicholas, lo que era impensable. Lo quería con locura; él era el único hijo que tendría, y se moriría si alguna vez tuviera que alejarse de él.

En cuanto a su marido, seguramente entendería que la relación entre ellos fuese amistosa y no sexual. A partir de su muy limitada experiencia, el sexo generaba tensiones indeseadas, lo que no podía ser bueno para Nicholas. Después de todo, éste era el único motivo de su matrimonio. Ella no se hacía ilusiones de que Leon la quisiera. Era un hombre de mundo que podía tener a cualquier mujer que deseara. No le sería difícil encontrar a alguien con quien saciar su voraz apetito sexual. Debía de tener en algún lugar una o dos amantes. Prefirió pasar por alto por qué aquella idea le resultaba tan dolorosa. Así que tomó otro sorbo de chocolate.

Capítulo 8

EL SÚBITO ruido de una puerta abriéndose dio a Helen un susto de muerte. Recelosa, miró al otro lado de la habitación. La invadió la cólera cuando vio la silueta de Leon en la puerta.

—¿Qué es lo que quieres? —inmediatamente Helen se arrepintió de la pregunta al tiempo que él esbozaba una malévola sonrisa. Ella, sin achantarse, le aguantó la mirada.

—Ésa es una buena pregunta —repuso él deteniéndose al borde de la cama—. Estoy seguro de que conoces la respuesta —dijo provocativamente. La mirada de Leon la recorrió de arriba abajo.

¿Cómo se atrevía aquella pequeña bruja a desafiarlo de nuevo?, pensó él. La noche anterior la había despojado de su inocencia con menos delicadeza de la que hubiese querido. Pero después de la conmoción inicial, ella no le había ido a la zaga; tenía las marcas que lo demostraban. Entonces, ¿a qué demonios estaba jugando? En su rostro se dibujó una sonrisa fría.

Helen, por su parte, percibía la creciente tensión. Casi podía palpar su rabia, pero no quiso responder a su provocación. Simplemente se lo quedó mirando fijamente mientras el corazón le latía con fuerza en el pecho. La seguridad con la que poco antes se había convencido de que Leon entendería la situación se desvaneció en un instante. ¿Y qué había pasado con las llamadas que supuestamente tenía que hacer?

—¿No dices nada, Helen? —dijo mientras la contemplaba con aquella mirada dura como el acero.

–Dijiste que ibas a trabajar –respondió intentando dominarse.

–Es cierto, pero Anna, mientras me reñía por dejarte ir a la cama sola, también mencionó que habías elegido un dormitorio como estudio –dijo con una sonrisa burlona–. Es un alma cándida, y no creo que se le haya ocurrido pensar que dormirías aquí. Pero mira por dónde yo no soy tan crédulo y decidí echar un vistazo.

–Ah.

–*Ah* –imitó–. ¿Eso es todo lo que tienes que decir?

Helen tragó saliva y reunió el coraje suficiente.

–Te dije anoche que no volvería a dormir contigo.

–¿Por qué? –inquirió con esa arrogancia que la sacaba de quicio–. Después de anoche no hay lugar de tu cuerpo que no conozca –era verdad, pero eso no la ayudó a contener sus nervios.

–Eres repugnante –lo insultó, apartando la mirada.

Leon se acercó amenazante.

–Vete –le exigió. En realidad, no se trataba sólo de pedirle que saliera de la habitación, sino también de su cerebro–. Vete ya.

Sin pronunciar ni una palabra él se acercó aún más y le quitó la colcha de un tirón.

–Ni se te ocurra –le advirtió ella, agarrando la colcha con una mano antes de arrojarle la taza.

La taza rebotó en su pecho, cubriéndole de chocolate. Él se sacudió inmediatamente y ella lo contempló horrorizada por lo que había hecho. Normalmente era una mujer tranquila y apacible que detestaba la violencia. «Ay, Dios mío, podría haberlo quemado», se dijo arrepentida.

–Lo siento, lo siento de veras –se disculpó con un tremendo sentimiento de culpabilidad.

Leon estaba furioso.

–Más te vale que así sea –maldiciendo, la sacó de la cama y la cargó a hombros. Ella, muy asustada, intentó luchar, pero él era demasiado fuerte. Entró como un huracán en el baño y, tras dejarla en el suelo, cerró la puerta. Algo mareada por haber estado cabeza abajo, Helen tardó un momento en situarse. Cuando lo hizo, vio que él se había quitado la camisa y tenía el vello del pecho mojado y pegajoso de chocolate.

–Lo siento de veras –intentó disculparse de nuevo, pero era demasiado tarde.

Él le dirigió una mirada asesina. La sujetó firmemente por la cintura, se deshizo de los zapatos y la metió en la ducha con él.

Abrió el grifo, la dio media vuelta para tenerla de frente y le puso el jabón en la mano.

–Ahora vas a limpiar cada gota que me has derramado encima –le ordenó en tono conminatorio.

El chorro de agua caía encima de ella, que lo miraba aterrada. Él se encontraba a pocos centímetros, por lo que no necesitaba sus lentes de contacto para ver que cada músculo, cada tendón de su atlético cuerpo estaba tenso de rabia.

–¿A qué estás esperando? –le dijo mientras la agarraba de la muñeca y le llevaba la mano hasta su pecho–. ¡Límpiame!

Ella se olvidó de su amor propio y se puso a frotar aquel poderoso pecho. Fue una tortura llena de sensualidad palpar la cálida y húmeda piel, la potente musculatura de sus pectorales.

–Usa las dos manos –le ordenó con severidad.

Ella cerró los ojos y puso las manos llenas de jabón en su pecho, moviéndolas en círculos cada vez más amplios, lo que le proporcionaba un evidente placer. Ella respiraba con dificultad, sin poder reprimir el cariz que estaban tomando sus pensamientos,

Con los ojos abiertos de par en par, Helen retrocedió hasta que la pared de la ducha la detuvo.

–Ya está –dijo ella.

Mojado e intentando mantener su cólera bajo control, la miró furioso. Leon captó el reflejo del deseo en las profundidades violeta de sus ojos. Al contemplar al trasluz de la tela empapada aquellos pechos tan bien torneados, la rabia se transformó en una emoción muy distinta.

—Todavía no has terminado —le dijo—. No está a mi gusto —se quitó los pantalones y la despojó del camisón.

—No —se opuso Helen con poco convencimiento.

Un sentimiento de victoria recorrió su cuerpo, así como un perverso deseo de poseerla de forma tan salvaje que nunca más se volviera a atrever a desafiarlo. Pasó un brazo por su cintura y la estrechó contra él.

—Sí, Helen —replicó codicioso—. El chocolate chorreó por todo mi cuerpo. Debes limpiarme más abajo —le dijo en un tono sugerente mientras descendía con una mano siguiendo la forma de su columna hasta abarcar la redondez de sus nalgas. Durante un instante sintió que oponía una leve resistencia. Entonces la apretó contra su ávido sexo y sintió que Helen respondía con un estremecimiento.

Mojada y desnuda, Helen era perfectamente consciente de aquella presión contra su vientre. Lo miró fijamente a los ojos, y lo que vio en ellos provocó en su cuerpo una reacción en cadena. Atravesada por el deseo, apenas podía respirar.

—Cada acción tiene una reacción. Recuérdalo, Helen, y nos llevaremos bien. Pero esta vez te ahorraré tus rubores —dijo con dulzura mientras en sus ojos brillaba una luz *non sancta*. Tomó el jabón de su mano y frotó ambos cuerpos con él.

Ella sentía la presión de su formidable miembro. Leon acarició el estómago de Helen encendiendo un deseo que la sacudió hasta lo más profundo de su ser. Cuando a continuación la aprisionó entre sus poderosos muslos, no pudo reprimir un gemido de placer.

Él la enjabonó por todas partes. Ella cerró los ojos

mientras él iba explorando y acariciando su carne caliente y húmeda. Todo pensamiento de resistirse se desvaneció de su mente. Se estremeció cuando la mano de él volvió a recorrer su vientre y sus pechos. No podía decir en qué momento él había soltado el jabón. El agua le impedía ver y todo su cuerpo vibraba de placer.

–Tienes un cuerpo verdaderamente delicioso –le susurró él al oído.

Ella lanzó un gemido y se aferró a sus hombros. Él la apretó contra sus muslos y la besó con tal intensidad que, ante su empuje, se vio obligada a apoyar la cabeza contra la pared de la ducha, respondiendo a su vez con avidez.

La lengua de él exploró todos los rincones de su boca. Él la tomó de las nalgas y la levantó en vilo mientras ella, instintivamente, cruzaba las piernas en torno a su cintura, deseosa de sentirlo dentro de su cuerpo, de que la poseyera en el límite entre el placer y el dolor.

Él la miró y, encendido de pasión, la penetró intensa y profundamente.

Ella gritó mientras su cuerpo seguía instintivamente el furioso ritmo que él imponía. La boca de Leon buscó su pecho y metiéndose el pezón en la boca comenzó a chuparlo vorazmente mientras su sexo arremetía con mayor ímpetu y rapidez. Ella pensó que iba a morir de placer, y clavó los dedos en su nuca. Sintió todo su cuerpo saturado de una tensión increíble, deshecha luego en portentosos espasmos que parecían no tener fin. Apenas oyó el gruñido animal que lanzó Leon cuando aquel formidable cuerpo se estremeció violentamente, derramando en ella su semilla mientras ambos se unían en un asombroso clímax. Las aparentemente interminables descargas fueron disminuyendo y ella hundió la cabeza en la curva de su cuello.

–Helen, ¿estás bien?

Helen oyó la pregunta y levantó la cabeza. Él la estaba mirando, esperando una respuesta, y de repente ella se sintió terriblemente insegura. Aferrada a él como una enredadera, la situación se le hizo embarazosa. Pero su integridad personal no le permitía negarle una respuesta. Él sólo la había tocado y ella se había derretido como el hielo bajo el fuego.

–Estoy bien –murmuró.

Era la respuesta que Leon quería escuchar, y lentamente la dejó en el suelo, cerró el agua, tomó ambas mejillas entre sus manos y le retiró el pelo de la cara antes de besarla en los labios con dulzura.

–Estupendo, yo también. Así que no más disputas acerca de lo de dormir en mi cama –la sacó de la ducha en volandas y la envolvió con una toalla.

Ella era tal como la recordaba de su primer encuentro años atrás. Los pechos, altos y firmes; los pezones, sonrosados y perfectos; y la cintura, estrecha. Además, ahora sabía que su pelo rubio era natural. Ella era mucho más de lo que esperaba. Desde un principio había notado cómo lo miraba, sabedor de que podía ser suya, pero nunca hubiera imaginado que se entregara a él de una manera tan salvaje.

–Y nada de arrojar más tazas de chocolate. No me enfado con facilidad, pero tengo mi carácter –admitió, y se envolvió en otra toalla.

Helen lo miró impotente. Era increíble: tan tranquilo, lo tenía todo bajo control. Por el contrario, ella ya no se reconocía. Su franqueza le llevó a reconocer que había sido su mal genio lo que había hecho estallar la confrontación. En cuanto a lo que había pasado después, era tanto culpa suya como de él.

–Ay, Dios mío, no puedo creer lo que he hecho en el baño –dijo ella sin advertir que estaba hablando en voz alta.

–No se lo diré a nadie si tú no quieres –se burló Leon, con una amplia sonrisa.

El buen humor de Leon y su sonrisa bonachona resultaban irresistibles, y no pudo por menos que devolverle la sonrisa.

–Lo he dicho sin pensar –admitió Helen, y no tardó en perder de nuevo la cabeza. Leon, relajado y feliz, era demasiado seductor.

–Yo pensaré por los dos, y en el futuro creo que deberíamos dormir en nuestra habitación –afirmó mientras la tomaba en brazos–. De ese modo tendremos un largo y feliz matrimonio.

–Es el comentario más machista que he oído nunca –replicó Helen–. ¿Y dejarás de llevarme en volandas todo el tiempo? Sé caminar –protestó.

En sus brazos ella se sentía indefensa y vulnerable, además de sentir algunas otras emociones en las que prefería no pensar.

–Me encanta la forma en que caminas, pero es mucho más rápido si te llevo a la cama yo –dijo él con una malvada sonrisa mientras la sacaba en brazos del baño.

–Por favor, déjame en el suelo. Debo recoger mi ropa –ella miró alrededor de la habitación y comenzó a forcejear–. Anna se horrorizará si ve el desbarajuste que hemos organizado.

–Te preocupas demasiado –bromeó–. A Anna no le importará; cuenta con muchas personas para que la ayuden a limpiar.

Él echó un vistazo al cuarto y se detuvo. Había estado demasiado enfadado como para observar la habitación cuando entró. Algunos muebles habían sido desplazados junto a una pared, y había un caballete delante de la ventana, en cuya repisa se agolpaban cuadernos, pinturas y otras cosas.

–Pintas –dijo sorprendido–. ¿Por qué no me lo dijiste?

–Soy ilustradora. Pensé que era obvio. Te dije que el traje de la boda era elección de Nicholas. Era del mismo estilo que el del hada del dibujo que tiene en la pared de su cuarto en casa, el que hice para un libro infantil. Como ves, no soy tan inútil como tú crees. ¿Y me vas a dejar bajar?

Leon de pronto cayó en la cuenta del dibujo de la habitación del niño. Ésa era la razón por la que Helen tenía un aire familiar el día de la boda. Se dio cuenta de que su vestido era una réplica del que llevaba el hada, aunque en Helen era mucho más sexy.

—No te creí cuando dijiste que Nicholas había elegido tu vestido —confesó con gesto de asombro. Su mujer era una artista talentosa, por no mencionar los otros talentos que ya conocía.

Ella nunca dejaba de sorprenderlo. La abrazó más fuerte y le dio un repentino beso en la frente.

—Tú y yo tenemos que hablar. Quiero saber qué otras cosas me ocultas. Pero no aquí.

Ella echó una ojeada a la desordenada habitación mientras él se dirigía hacia la puerta, y por alguna razón sintió que le debía una explicación.

—Le pedí a Anna un cuarto que me sirviera de estudio. Ella no sabía que iba a dormir aquí.

—Sí, lo sé —corroboró Leon—. Anna es una romántica empedernida y no hay motivo para desengañarla. Suerte que ni tú ni yo nos hacemos ese tipo de ilusiones, ¿verdad?

—No estoy segura de entenderte —dijo Helen en voz baja mientras él abría la puerta de la suite principal y la dejaba en el suelo con suavidad.

—Anna tiene unas ideas acerca del amor y del matrimonio que no se corresponden con la realidad. Tal vez porque nunca ha estado casada —puntualizó cínicamente—. Escucha a alguien que sabe: lo que hay entre nosotros es mucho mejor.

—¿Y qué es exactamente lo que hay entre nosotros? —preguntó Helen, desilusionada. El apasionado amante de hacía un rato, el hombre que había despertado su cuerpo de un modo que nunca hubiera podido imaginar, estaba otra vez mirándola con una expresión fría y sarcástica. Se preguntó por qué sería tan duro de corazón, o si acaso no tendría corazón en absoluto.

–Tenemos un hijo del que ocuparnos, y tenemos esto –dijo dándole un beso que dejó sus labios temblando y su temperatura en ascenso.

–Sexo –exclamó ella.

–No lo desprecies tan rápido, Helen. El buen sexo es mucho más de lo que nunca han tenido los supuestos enamorados –aseguró con rotundidad–. Y aunque tu mentalidad conservadora lo rechace, la química sexual que hay entre nosotros es pura dinamita.

–Debo creerte, ya que no tengo más experiencia que lo que tú me has enseñado. Según Delia, experiencia es lo que tienen los hombres de esta familia una vez pasada la pubertad. Son célebres por sus obedientes esposas e incontables amantes –replicó ella burlonamente.

–Maldita Delia. Cuando se le metía una idea en la cabeza no había quien se la sacase, igual que nuestra madre.

–¿Tu madre? –inquirió curiosa, olvidando momentáneamente la antipatía que sentía hacia Leon.

Una fría sonrisa se dibujó en el rostro de Leon.

–Tu interés por mi familia, aunque se remonta a tiempo atrás, ha sido bastante irregular, cariño. Quizás ya es hora de que oigas la verdad –la llevó a la cama y, rodeándola por la cintura, se sentó a su lado–. Tú y yo tenemos que hablar para aclarar algunas cosas. Como dijiste, antes pensaba que todo lo que hacías era cuidar de niños, pero ahora sé que estaba equivocado. Eres toda una artista. Mañana tendrás un estudio en condiciones para ti. Pero del mismo modo, la imagen que tienes de mí está totalmente influida por lo que te contó Delia de la familia, que no es necesariamente cierto.

–Si tú lo dices –resopló ella. Leon ignoró la pulla.

–Al contrario de lo que crees, mi padre nunca culpó a Delia del suicidio de nuestra madre. Si había que culpar a alguien, era probablemente a mí.

–¿A ti? –exclamó sorprendida e intrigada.

–Sí. Después de nacer yo, ella sufrió una crisis. Estuvo entrando y saliendo del hospital durante años. ¿Por qué crees que hubo un lapso de quince años entre Delia y yo? –continuó sin esperar respuesta–. Mi padre la adoraba. El médico que la atendía sugirió que mi madre podía padecer de depresión posparto, un concepto relativamente nuevo para la época. Mi padre creyó en el diagnóstico y estaba decidido a que no volviera a quedarse embarazada, aunque a la postre el médico también diagnosticó trastorno bipolar. Pero todo el mundo se equivoca. En cuanto a que mi padre tuviera una amante, él nunca miró a otra mujer hasta mucho después de la muerte de mi madre.

–Pero Delia… –al darse cuenta de que lo que le había dicho Anna aquel mismo día hacía más verosímil la versión de Leon, Helen no continuó la frase. Según Anna, la madre de Leon nunca se preocupó por él. Lo cual, por otra parte, explicaba su fría actitud hacia las mujeres. No era de extrañar que un niño a quien su madre no había dado muestras de cariño creciera sin ser capaz de querer.

–Escucha un momento –dijo Leon bruscamente–. Aunque no me resulta fácil admitirlo, considerándolo bien, es posible que Delia tuviese el mismo problema.

–¿De verdad piensas eso? –exclamó Helen.

–Sí –asintió–. ¿No se te ocurrió nunca que Delia te cedió el cuidado del niño con demasiada facilidad? Además, parece que apenas pasaba tiempo con él.

–No, desde luego que nunca pensé tal cosa –contestó Helen. No quería creer que Delia pudiera haberse equivocado, porque de ser así sus propias acciones serían insostenibles–. Ella me pidió que me hiciese cargo de Nicholas antes de que naciera. Me dijo que…

–Sé lo que te dijo –la interrumpió–. Y debes de estar en lo cierto; olvida lo que he dicho y retomemos el hilo de nuestra conversación –a Helen le rompió los esquemas que Leon estuviera de acuerdo con ella, lo que sucedió a continuación la dejó aún más perpleja.

Leon puso la mano en su mejilla e inclinó la cara de Helen hacia él.

–En cuanto a mí –dijo mirándola a los ojos con una intensidad inusitada–, soy mayor que tú, y naturalmente han pasado algunas mujeres por mi vida. Pero puedo asegurarte que siempre he sido monógamo mientras he mantenido una relación, y nunca le fui infiel a mi esposa mientras ella no lo fue conmigo.

–Entiendo –murmuró Helen. La trágica pérdida de Tina y del bebé quizás ayudara también a explicar la poca fe que Leon tenía en el amor. Tal vez, al contrario de lo que Helen había escuchado, sí había estado enamorado de ella.

–Me pregunto si de veras lo entiendes –dijo, tomando la mano de ella para llevársela a sus labios y besar el anillo de oro–. El nuestro podrá ser un matrimonio de conveniencia, Helen, pero no hay ninguna razón para que no sea mutuamente provechoso. Tú y yo tenemos mucho más en común de lo que crees.

–Estás bromeando; un acaudalado banquero de mundo y una ilustradora hogareña. No veo qué podemos tener en común –observó escéptica.

–Los dos adoramos a Nicholas y queremos lo mejor para él, ¿cierto? –ella asintió con la cabeza–. Los dos disfrutamos de nuestro trabajo –ella asintió de nuevo–. El sexo es fabuloso, y en tanto que recuerdes que soy el único hombre con quien vas a dormir no debería haber ningún problema.

–¿Y qué pasa contigo? –replicó Helen–. Tú mismo me dijiste que no podrías contar el número de mujeres con las que has estado, y de una forma muy machista tienes el descaro de exigirme fidelidad.

–Sí, eso es. Pero tú puedes exigirme lo mismo, y yo accederé encantado. ¿Es eso lo que quieres?

Veinticuatro horas antes le habría respondido que le importaba un pimiento lo que hacía o dejaba de hacer, pero ahora, abrazada por él y sintiendo la calidez de sus muslos desnudos presionando los suyos, sabía que decir eso sería mentir. Sí que le importaba. Porque, para bien o para mal, lo quería, y la mera idea de que pudiera serle infiel le revolvía el estómago.

–Sí, la fidelidad ha de ser recíproca –manifestó con rotundidad, pero decidida a no dejarle ver sus sentimientos, se vio obligada a justificar su respuesta–: Debemos ser un buen ejemplo para Nicholas.

–Tienes razón, claro. Me inclino ante tu gran sabiduría –dijo él solemnemente en tono de mofa.

–Muy gracioso –ella intentó liberar su mano, pero él la agarró con más fuerza.

–Hablo completamente en serio, Helen. Estoy cien por cien a favor de una relación cerrada. Contigo no necesito ninguna otra mujer. Así que firmemos una tregua. Deja de tomarte a mal el hecho de que disfrutes del sexo. Relájate, deja de pelear conmigo y yo dejaré de, ¿qué es lo que dijiste? –sonrió–. Yo dejaré de llevarte en volandas todo el tiempo. ¿De acuerdo?

Él le lanzó una mirada llena de confianza. Aquel demonio engreído sabía que sólo tenía que mirarla así para tenerla en sus brazos, pensó Helen. Pero ella no podía dejar de sonreír ante su audaz propuesta, y asintió con la cabeza. No tenía elección: con independencia de que fuera sólo sexo, como Leon pensaba, o algo más, como ella se temía, él había despertado un apetito en ella, una necesidad a la que todavía no estaba dispuesta a renunciar; si era que acaso lo estaba alguna vez, pensó mientras hundía la cabeza en la almohada.

Capítulo 9

HELEN se movió, vagamente consciente del calor de aquel compacto cuerpo masculino contra su espalda y la suave caricia de una mano en su pecho. Parpadeó y como en sueños notó el roce de unos labios en su nuca. Instintivamente se dio la vuelta y abrió los ojos. Los atléticos pectorales de Leon estaban sobre ella, y en su provocadora mirada se adivinaba una invitación. Sintió una súbita oleada de deseo, alimentada por los sucesos de la noche anterior. Leon la besó suavemente.

Como si estuviera programada para reaccionar al contacto de sus labios, inmediatamente se rindió a la deliciosa tentación de aquel beso.

–¿Qué demonios...? –soltó él. Ella se quejó ante la súbita retirada de su boca. Oyó una risa, abrió los ojos y vio a Nicholas gateando por las piernas de Leon.

–Helen –el niño, sonriendo, alargó los brazos hacia ella y Helen se apresuró a darle un gran abrazo; sin embargo, Leon se incorporó y lo sujetó firmemente.

–Buenos días, Nicholas –le saludó con frialdad, dándole un rápido beso en la mejilla–. Hombrecito, tú y yo tenemos que hablar. La primera regla de la casa es no irrumpir tan temprano en nuestra habitación. ¿Comprendido?

–¿Qué estás haciendo en la cama de mi Helen? –inquirió Nicholas.

–Estamos casados, y las parejas casadas duermen en la misma cama.

–Entonces, ¿por qué no puedo venir al despertarme?

Helen echó una mirada a Leon y reprimió una sonrisa. Estaba tan encantador con su despeinado pelo negro cayéndole caprichosamente sobre la frente; tan espléndidamente masculino. Los amplios pectorales relucían bajo la luz de la mañana, y la colcha con la que se había apresurado a taparse no podía ocultar el comprometedor estado de su miembro. Aquella expresión, entre perpleja y frustrada, lo decía todo. Estaba a punto de descubrir que en el matrimonio el sexo no lo era todo. De repente tenía que hacer frente a la paternidad y no tenía ni idea de cómo hacerlo, pensó ella, y esperó a escuchar la respuesta que le iba a dar al niño.

–Porque Helen es ahora mi mujer, y porque lo digo yo.

Qué patinazo. Ella observó con interés mientras los dos, con ojos casi idénticos, se miraban fijamente. Esperaba que Nicholas manifestase ruidosamente su disgusto ante la privación de los primeros abrazos y mimos de la mañana. Pero para su sorpresa, el niño puso una mano en el pecho de Leon y volvió sus grandes ojos hacia ella.

–Mark dijo que ahora que estáis casados sois mi mamá y mi papá. ¿Es cierto?

Esa vez fue Helen la que no sabía qué contestar. Pero Leon no tenía ese problema.

–Mark tiene razón –dijo–. Somos oficialmente tu madre y tu padre.

–Entonces, ¿puedo llamaros mamá y papá? –Helen se quedó estupefacta, y todo lo que pudo hacer fue observar cómo Leon sonreía y alborotaba el pelo del niño con dulzura.

–Claro, si quieres puedes llamarnos mamá y papá –dijo volviendo la cabeza hacia Helen y mirándola de una forma que ella no podía ignorar–. ¿Verdad, Helen?

Desvió su mirada de la de Leon. Miró a Nicholas y vio en sus grandes ojos negros una mirada suplicante, y supo que había alcanzado un punto a partir del cual no había vuelta atrás. Se había casado para quedarse junto a Nicholas y ser una madre para él, pero había pensado que alguien como Leon no querría un compromiso demasiado serio con el hijo de otro hombre; al fin y al cabo, era probable que algún día deseara tener un hijo propio.

La rápida aceptación de Leon a la petición del niño le había pillado por sorpresa. Ella había pensado que quizás en el futuro Nicholas los aceptaría como padres. Pero aquello había sucedido tan deprisa que se sentía algo confusa. La madre biológica de Nicholas había muerto hacía sólo dos meses, y aunque sabía que Delia habría querido lo mejor para su hijo, no podía dejar de sentirse culpable, ya que la muerte de su mejor amiga le había facilitado a Helen su más preciado deseo. La vida era injusta.

No sólo se sentía culpable porque Nicholas la hubiera aceptado tan pronto como madre, sino también porque se le había pasado por la cabeza que Leon no había usado ninguna protección después de la primera vez que hicieron el amor. Si albergaba alguna esperanza de que ella le fuera a dar un hijo, se iba a llevar una gran decepción. Tendría que decírselo.

–Helen –oyó su nombre en boca de Leon y supo que ahora no era el momento. Y a menos que quisiera aparecer como una malvada bruja ante los ojos de Nicholas, tenía que decir que sí. Además, ella sabía que en el fondo eso era lo que deseaba. Dio en silencio las gracias a Delia y accedió.

–Sí, cariño –tomó a Nicholas y lo estrechó en sus brazos. Lágrimas de tristeza y alegría inundaron sus ojos–. El tío Leon y yo te queremos mucho, y nos haría muy felices que nos llamaras mamá y papá si eso es lo que quieres. Pero debes pensar en Delia con alegría, pues ella fue la madre que te dio la vida, ¿de acuerdo?

–Sí, muy bien… mamá –dijo con una amplia sonrisa antes de abrazarla.

–Venga, Nicholas –Leon se levantó de la cama, se

envolvió con una toalla y tomó al niño de los brazos de Helen–. Te ayudaré a vestirte, y así Helen podrá descansar un poco más, que lo necesita –dijo haciéndole un guiño–. Y lo que tú necesitas es una niñera.

–¿Qué es una niñera? –oyó Helen preguntar a Nicholas mientras Leon lo cargaba a hombros y salía de la habitación.

Leon cerró la puerta y Helen ya no pudo escuchar la respuesta. Al mismo tiempo, se dio cuenta de que otra puerta se había cerrado. Leon había establecido las reglas y Nicholas los vio compartiendo cama. Así tenía que ser si no quería arriesgarse a defraudar al niño. Y para ser franca, ya no le parecía tan horrible. Había sido muy agradable despertarse en brazos de Leon.

Aquella noche en la cena estaba convencida de que había tomado la decisión acertada cuando Leon sugirió que debían adoptar legalmente a Nicholas. Helen pensó que era una maravillosa idea. Dejaría de ser su tutora para convertirse en su madre de por vida. Aquella misma noche ya no pensó en resistirse cuando Leon la tomó en sus brazos.

En las semanas siguientes Helen fue conociendo mejor a Anna. Leon, en contra del parecer de aquélla, contrató a una joven llamada Marta como niñera de Nicholas; según Leon, Helen, en calidad de esposa de un importante banquero, tendría compromisos sociales a los que atender y era injusto sobrecargar a Anna o a cualquier otro miembro del servicio con esa tarea. Por si eso fuera poco, había añadido con picardía que no le parecía bien que el niño acudiese a su cuarto a primera hora de la mañana.

En cambio, en lo que Helen sí insistió fue en llevar ella misma a Nicholas a la escuela infantil, aunque en realidad no era necesario, ya que disponían de chófer. El momento culminante de la mañana tenía lugar cuando Mary y ella, después de dejar a los niños en la escuela, quedaban para charlar y tomar un café.

Normalmente, tras recoger al niño, Nicholas y ella almorzaban juntos y jugaban un rato. Luego Helen dedicaba una o dos horas a trabajar en el estudio. Algunas veces, lo dejaba al cuidado de la niñera y se quedaba más tiempo trabajando o iba de compras con Mary por las caras boutiques de Atenas.

En cuanto a su marido, ahora lo conocía un poco mejor y veía el futuro con moderado optimismo. Leon solía dar a la mayor parte de la gente la impresión de ser un hombre más bien serio, lo cual no era de extrañar dado el poco cariño que había recibido de niño. Ella no dudaba de que él se hubiera preocupado de su hermana, pero lo más probable era que la diferencia de edad entre ellos explicase los malentendidos que abundaron en su relación. En todo caso, cuando disponía del tiempo, Leon era fantástico con Nicholas, y cuando los tres estaban juntos, normalmente los fines de semana, Helen casi podía creer que eran una auténtica familia.

Pero Leon no era en verdad un hombre fácil de conocer, salvo en el sentido bíblico del término. Siempre se rodeaba de cierta reserva o frialdad, y el estricto control con el que dirigía su vida, dividida en diferentes compartimentos, era desalentador. Los negocios eran su prioridad; siempre presto para viajar a Nueva York o Sidney durante algunos días, ya lo había hecho tres veces en el corto período que llevaban juntos. Helen intentó convencerse de que no la afectaba; estaba encantada de tener a Nicholas para ella sola por un tiempo, pero no le quedaba más remedio que admitir que lo echaba de menos durante aquellas ausencias.

El último miércoles Leon regresó de forma inesperada. Se había marchado el lunes para Nueva York y ella no lo esperaba hasta el jueves como muy pronto.

Después de cenar, con Nicholas ya en la cama y sintiéndose extrañamente inquieta, Helen había salido a tomar el aire a la terraza. En la oscuridad, apoyada en la balaustrada, su única compañía eran la luna y las estrellas.

–Nos encontramos a la luz de la luna, hermosa Helena –dijo una voz parafraseando a Shakespeare y dándole a Helen un susto de muerte. Al volver la cabeza vio a Leon.

–No deberías estar de regreso tan pronto –exclamó sorprendida–. No está bien que te tomes esas libertades con Shakespeare –bromeó. Leon le pasó la mano por el pelo y sonrió.

–Tienes razón, preferiría tomármelas contigo –deslizó el otro brazo por su cintura y la besó.

Cuando se tomaron un respiro, él la miró a los ojos y ella se sintió impotente para apartar la mirada, impotente para ocultar su propio deseo.

–Ay, Helen, mi dulce Helen, te echaba de menos –le dijo sonriendo con ternura, una sonrisa que sólo le había visto con Nicholas. Ella, emocionada, era incapaz de hablar–. Y estoy seguro de que a ti te pasaba lo mismo –la respuesta estaba en el fulgor que emanaban sus ojos violeta.

Aquella noche hicieron el amor con una ternura y una pasión que ella nunca había experimentado antes. Más tarde, cuando estaba acurrucada en sus brazos y con la cabeza apoyada sobre su pecho, el constante y rítmico latido del corazón de Leon era música para sus oídos. Por fin Helen aceptó lo que en el fondo ya sabía desde hacía mucho tiempo.

Amaba a Leon. Para él, el deseo y la pasión podrían no ser más que sexo, pero para ella siempre hubo algo más. Lo amaba con toda su alma.

Él no era aquel hombre duro y poco cariñoso que ella se había imaginado. Anna y todo el servicio lo adoraban, y Nicholas le tenía auténtica veneración. La máscara austera y fría con la que se presentaba ante el mundo se desvaneció tan pronto como puso los ojos en

Nicholas. Era maravilloso con el niño, y últimamente tenía la sensación de que aquella actitud amable y cariñosa también se hacía extensible a ella. ¡Cuánto deseaba que así fuera! Ella juró que haría todo lo que estuviera en su mano para que el matrimonio fuera un éxito, con la esperanza de que en algún momento Leon la amase como ella lo amaba.

Meditando sobre aquella noche, Helen ahogó un suspiro mientras esperaba a Mary en una tienda. Su marido era un hombre difícil y complejo, y un adicto al trabajo, aunque para ser justos, antes de bajar al gimnasio del sótano, siempre la despertaba con un beso, y algunas veces con algo más. Él estaba en una forma física impresionante, y tenía que estarlo para soportar su agenda de trabajo. Cuando Helen bajaba a desayunar con Nicholas, Leon solía estar a punto de marcharse o ya se había ido, y regresaba a la noche para pasar al menos una hora con Nicholas antes de acostarse.

Cenar a solas con Leon ya no era la penosa experiencia del principio. Pero bajo la conversación informal siempre subyacía una tensión sexual que Helen ni podía ni quería negar. Siempre esperaba con ganas que llegase la hora de dormir con él, ya que en los brazos de Leon se sentía completamente viva y, gracias a él, cada vez más aventurera en materia sexual.

Helen había intentado convencerse de que la suya era una respuesta natural ante un despertar sexual tardío y que no tenía nada que ver con el amor, pero después de la noche de aquel último miércoles no podía seguir fingiendo. Lo amaba, no podía evitarlo. Leon era un amante imaginativo y maravilloso. Siempre generoso hasta el extremo, se concentraba en cómo hacerla gozar de mil formas diferentes antes de buscar su propia satisfacción.

Cuando le apetecía, para sorpresa de Helen, Leon era un conversador inteligente y agudo. También había descubierto que compartían gustos musicales y el mismo amor por la lectura, aunque él prefería las novelas de suspense político y ella una buena novela policíaca.

Él era un auténtico fan de las ilustraciones de Helen y un gran admirador de su talento artístico.

Como era natural, sus conversaciones giraban a menudo en torno a Nicholas y a los asuntos relativos a la vida social de la familia. Hasta aquel entonces habían almorzado todos los domingos con Mary y su familia, y algunas veces salían a cenar las dos parejas sin los niños. También habían asistido a un par de cenas formales de trabajo, cosa que ya no le agradaba tanto.

La fiesta que iba a celebrar al día siguiente por la noche era para presentar a Helen a los parientes lejanos y a la élite social de Atenas que no habían asistido a la boda. Debía tener lugar en un hotel de lujo de la ciudad, y Leon le había dado instrucciones estrictas para que aquella mañana se comprase un vestido nuevo, lo que Helen no se tomó demasiado bien.

Hacía semanas que ella había abandonado la costumbre de ponerse camisones de algodón. En su lugar, se prodigaba en el uso de ropa interior delicada. También tenía un gran vestuario de ropa de corte clásico. Helen no era aquella remilgada hogareña que Leon había creído. Siempre que Nicholas se lo había permitido, había llevado una vida social activa participando en un grupo local de teatro y en un club de lectura. Cuando sus padres vivían, habían disfrutado de una ajetreada vida social en Suiza, y Helen había aprendido cómo comportarse en todos los ambientes. Siendo adolescente, su madre le había enseñado los rudimentos de estilo para una mujer de su estatura, y de hecho aún tenía algunos de los vestidos de su madre. Al principio los había guardado como recuerdo, pero ahora se los ponía. En honor a la verdad, Leon siempre tenía un cumplido para ella. Además, al regresar de su primer viaje de negocios tras la boda, la había llevado al banco y le había abierto una cuenta con una tarjeta de crédito de gasto ilimitado.

Ella se opuso, pero él le confesó, esa vez sin un ápice de cinismo, que odiaba ir de compras y que era pésimo para los regalos, pero que quería que ella y Nicholas tuvieran todo lo que desearan. Luego la había obsequiado con un fabuloso anillo de esmeraldas y diamantes que había comprado en Nueva York al pasar por Van Cleef y Arpel. Helen valoró especialmente el detalle de que Leon, siendo adicto al trabajo y detestando ir de compras, hubiera hecho un hueco en su apretada agenda para escaparse a Van Cleef sólo por ella, lo que le daba esperanzas de que su relación pudiera convertirse en algo más que un matrimonio de conveniencia.

Helen dio a Nicholas un beso de buenas noches y se marchó de la habitación. El niño le había dicho que parecía un sabroso pirulí morado. Se miró en el espejo de la suite principal y pensó que nadie podría decir que aquel traje era infantil. Nunca en su vida se había puesto nada tan provocativo.

El vestido de tirantes cubría su busto y le dejaba al descubierto la espalda hasta la cintura, ajustándose a sus caderas y muslos como una segunda piel. Esa vez llevaba las sandalias de tacón alto que tanto le gustaban. Y con la ayuda de Anna se recogió el pelo formando una cascada de rizos de modo que la hacían parecer más alta.

–Por Dios, no vas a salir vestida así –la voz de Leon la sacó de sus pensamientos.

Helen se quedó sin respiración al verlo tan atractivo vestido con un traje de etiqueta.

–¿No te gusta? –dijo con cara de decepción, y giró sobre sí misma–. Mary dijo que estaba hecho para mí –le sonrió provocativamente.

Leon se quedó boquiabierto. Cierta parte de su cuerpo saltó de alegría. Ver aquella espalda desnuda hasta el trasero era suficiente para que le temblaran las rodillas.

–Mary debería ver a un especialista –dijo por fin sonriendo–. Ese vestido roza lo indecente, pero estás absolutamente asombrosa –se acercó a ella y le dio un beso en la punta de la nariz.

–Gracias, amable señor –repuso con humor–. Pero Nicholas opina que parezco un sabroso pirulí morado.

–Ese chico tiene muy buen gusto para ser tan crío, y coincido totalmente con él –dijo tirando de ella suavemente hacia él–. No me importaría comerte ahora mismo.

Ella lo miró con ojos chispeantes, y él vio sus pupilas dilatadas. La tomó del cuello y ella cerró los párpados y entornó los labios en espera de la boca de Leon.

–Mejor no sigo o nunca saldremos de aquí –dijo poniéndola de cara al espejo–. ¿Qué te parece?

Helen notó una sensación de frío en la piel, y al ver su imagen reflejada en el espejo con aquel formidable collar de diamantes alrededor de su cuello no pudo disimular la sorpresa.

–Leon –pronunció su nombre en un susurro, abrumada por aquel obsequio–. ¿Compraste esto para mí? –él respondió con una sonrisa.

–Sí, hoy se cumplen seis semanas de nuestra boda. ¿Te gusta?

–Me encanta –dijo con total sinceridad, impresionada de que hubiese recordado cuántas semanas llevaban casados–. Es el regalo más fabuloso que me han hecho nunca. Gracias.

Helen tuvo que atajar una pequeña lágrima.

–Pero yo creía que tú nunca comprabas regalos.

–Tuve algo de ayuda –confesó con pesar, y la abrazó por detrás mientras se miraban abrazados al espejo–. Pedí a Mary que se asegurara de que comprabas un vestido para la ocasión y que me dijera con qué tipo de joya combinaría. Me dijo que diamantes, así que me lo puso fácil.

Luego Leon la soltó e introdujo la mano en el bolsillo de la chaqueta.

–Compré los pendientes y la pulsera a juego –le abrochó la pulsera a la muñeca–. Espero que puedas ponerte los pendientes tú misma –dijo dejándoselos en la mano–, porque si sigo tocándote no vamos a ir a ninguna parte.

Helen había sentido la presión de su erección, y en sus ojos brilló un destello de malicia.

–Por mí no hay inconveniente –ella se volvió y se abrazó a su cuello–. Preferiría quedarme aquí –se asió con más fuerza mientras lo miraba a los ojos–. Las fiestas no son lo mío. Se me dan mejor las distancias cortas –afirmó con una sensual sonrisa.

–No, brujilla, no me vas a engatusar. Pero espera a que regresemos y ya verás.

El inesperado regalo y la imponente presencia de Leon a su lado le dio a Helen la seguridad necesaria para saludar a los invitados a la entrada del gran salón de baile.

–Aquí de pie me siento como si perteneciera a la realeza. ¿Es necesario hacer esto? –preguntó.

–Ya nos falta poco –murmuró él, y entonces alguien lo llamó por su nombre–. Takis, me alegro de verte. No sabía si vendrías.

Helen miró de reojo a Leon y enseguida notó que a su marido no le hacía ninguna gracia ver a aquel hombre. Luego miró al desconocido. Era una persona de estatura media, delgado, con el pelo negro y bastante apuesto.

–No me perdería tu fiesta de bodas por nada del mundo. Estuve en la primera, ¿recuerdas?

Parecía griego, pero Helen notó que hablaba con acento estadounidense. Luego se dirigió a ella.

–¿Así que tú eres Helen? –dijo tomando su mano y llevándosela a los labios–. Es un placer conocerte, y una sorpresa. Nunca pensé que Leon tuviera tan buen criterio. Solían gustarle las modelos como palos, pero tú eres deliciosa, una perfecta muñequita.

Helen estaba aún intentando esclarecer si aquello era un insulto o un cumplido cuando el hombre se dirigió de nuevo a Leon.

–Una bella mujer y un hijo. Eres un canalla afortunado, primo.

–Gracias, Takis –dijo Leon sin perder las formas–. Sabía que te alegrarías por mí. Ahora, si nos perdonas, es hora de atender a los invitados.

La tensión entre los dos hombres era palpable. Helen, curiosa, echó un vistazo a su marido pero antes de que pudiera decir nada, Leon la exhortó a que se mezclara con los invitados.

–Espera un momento –se detuvo–. ¿De qué iba todo eso? ¿Por qué no le has dicho a ese hombre que Nicholas no es tu hijo, sino el de Delia?

–No había necesidad. Ahora es nuestro hijo, ¿o acaso una cara bonita te lo ha hecho olvidar? –la provocó con suavidad.

–No… –Helen negó con la cabeza–. Y no te hagas el celoso –se burló–. Pero me sorprende. Al fin y al cabo, es tu primo. Seguramente lo sabe.

–En realidad, estrictamente hablando, es el primo de mi primera mujer, y no me cabe duda de que lo sabe. Es de ese tipo de personas que se enteran de todo. Pero Nicholas no es asunto suyo.

–Está bien –dijo Helen en voz baja.

No podía dejar de recordar que en las últimas semanas algunas personas la habían mirado de forma extraña, lo que había atribuido a una curiosidad natural. Ahora, sin embargo, ya no estaba tan segura.

–He notado una actitud algo rara en algunas personas, incluso en Mary el día de nuestra boda –lo miró desconcertada–. ¿No deberías aclarar lo de Nicholas? No queremos que la gente llegue a conclusiones erróneas.

–Helen, cariño –dijo con sarcasmo levantando una ceja–, es de conocimiento público que tanto tú como yo hemos declarado que Nicholas es el hijo de mi hermana. Pero la gente cree lo que quiere creer. Por lo que a mí respecta, me da absolutamente igual lo que otras personas piensen. El niño sabe la verdad, y eso es todo lo que importa.

—Sí, pero…

—De acuerdo, dan por sentado que tú eres su madre, ¿y qué? En la vida, como en los negocios, a veces conviene dejar un pequeño margen de incertidumbre. Y si es tu reputación lo que te preocupa, olvídalo; en tanto que mi mujer, estás por encima de toda crítica. Y si la confusión ayuda al buen nombre de Delia, ¿qué mal hace? Nicholas podría agradecérnoslo en el futuro.

Helen frunció el ceño. Lo que le decía Leon parecía razonable, pero era proteger el nombre de su hermana a expensas del de ella. Bueno, no exactamente, admitió. En realidad él no había mentido. Sólo había manipulado la situación, dejando que la gente creyera lo que quería creer. Más o menos lo mismo que él había hecho con ella cuando le había propuesto un matrimonio de conveniencia. Helen se preguntó qué otras verdades a medias habría.

No tardaría mucho en descubrirlo.

Helen echó un vistazo a la multitud. Ya no se sentía tan segura. Los camareros circulaban entre los invitados con bebidas y canapés, un quinteto tocaba música de baile y todo el mundo parecía estar disfrutando.

—Me encanta el collar —la voz de Mary atrajo la atención de Helen hacia Mary y Chris—. Es perfecto, Leon —afirmó Mary, y sonrió a Helen—. Le di unas instrucciones tan detalladas que no podía fallar. Tienes que estarme agradecida por su elección —dijo en tono de guasa. Todos se rieron, incluyendo a Helen, aliviada por la oportuna interrupción de Mary. Leon tenía razón. No había de qué preocuparse. Después de todo, ¿qué importaba lo que algunos pensaran?

—¿No permitirás que Mary salga impune después de

lo que te ha dicho? –Helen le lanzó a Leon una mirada burlona.

–Su marido es mi abogado. Créeme, si le digo algo a Mary me demandará –bromeó para regocijo de todos. Luego Chris propuso un brindis.

–A la salud de dos buenos amigos, Helen y Leon, que el vuestro sea un matrimonio duradero y feliz.

–Gracias –contestó Leon mirando a Helen. De repente se dio cuenta de que ya no le importaba que ella hubiera mantenido oculto a su sobrino, ni tampoco si sabía algo de la fortuna que iba a heredar. Se merecía ese dinero y mucho más. Dio las gracias a Dios y a Delia por haberla encontrado y por haber tenido el buen sentido de casarse con ella.

Ella le dedicó una brillante sonrisa. Él no podía explicar el efecto que Helen le producía, pero ya no le importaba, simplemente se limitaba a disfrutarlo. Le invadió una sensación de euforia. Lo más cerca que había estado de sentirse así era cuando cerraba un acuerdo especialmente ventajoso. Pero ni siquiera eso podía compararse con el placer que sentía en aquel instante, con Helen contemplándolo con ojos de enamorada a la vista de todos.

Leon nunca había sido un hombre dado a manifestaciones de afecto en público. Pero en ese momento, rodeado de todos sus amigos y conocidos, quiso decir unas palabras.

–Quiero expresar mi mayor gratitud a mi bella esposa, por ser lo bastante valiente como para tomar a un cínico como yo por marido –acto seguido la besó, deseando que llegara el momento de quedarse a solas con ella.

Capítulo 10

DOS MINUTOS después la sonrisa de Leon se borró de forma súbita. Habían llegado dos nuevos invitados de última hora. Se trataba del embajador francés y de su acompañante, que en lugar de su esposa era una mujer muy alta y llamativa… Louisa.

¿Qué demonios estaba haciendo allí? Él había roto con ella una semana antes de que se celebrase la boda. Había salido muy bien parada de la ruptura. Leon le había comprado un apartamento de lujo en París y le había dado una considerable suma de dinero como compensación por poner punto final a su relación.

–*Monsieur* Distel, es un placer volverle a ver –dijo Leon mientras le estrechaba la mano–. Louisa –quiso limitar el saludo a un pequeño movimiento de la cabeza, pero no pudo evitar que ella le diera un beso en cada mejilla, uno de ellos muy cerca de la boca.

Helen había presentido el peligro desde el mismo momento en que Leon la soltó de la cintura. Había notado su tensión, y, siguiendo la dirección de su mirada, había visto a aquella alta y glamurosa mujer dirigiéndose hacia ellos. Lo primero que le llamó la atención fue la forma que tenía de mirar a Leon. Su intuición femenina le dijo que aquella mujer y su marido se conocían bien. De repente, los celos pincharon la feliz burbuja en la que había estado flotando las últimas semanas. En brazos de Leon, era fácil olvidar que éste había tenido unas cuantas amantes en el pasado, pero era algo imposible de ignorar estando delante de una. Helen respondió a las felicitaciones del embajador francés sin alterarse, pero cuando Louisa la saludó con una mirada llena de rencor casi perdió la compostura.

—Así que tú eres la afortunada; no eres como te imaginaba —la mujer la miró de arriba abajo—. Eres bastante pequeña.

—Ah, pequeña pero perfecta —intervino el embajador con la típica galantería francesa—. Y tienes también un hijo, lo que es un gran regalo para cualquier hombre.

Helen logró contenerse haciendo un colosal esfuerzo, pero por dentro estaba echando pestes.

—No es mi hijo —volvió la mirada hacia Leon—, ¿verdad, cariño?

Ella estaba enojada y herida, y no la culpaba. Él había hecho caso omiso de su preocupación sobre lo que pudiera pensar la gente acerca de quiénes eran los progenitores de Nicholas. Debía tener cuidado o de lo contrario podrían saltar chispas entre Helen y la sofisticada pareja francesa. Louisa ya la había ofendido con la chanza sobre su estatura, y él sabía que en ese tema Helen era muy susceptible, aunque a sus ojos su mujer era perfecta.

Por una vez en su vida se sintió ferozmente protector e incómodo al mismo tiempo; emociones con las que no estaba familiarizado. Sabía que la mayor parte de los allí presentes identificaban a Louisa como su ex amante, y se sintió culpable de que su pasada relación hubiera puesto a Helen en aquella posición. Estaba decidido a remediarlo antes de que ella tuviera la ocasión de descubrirlo.

—No, claro que no, Helen. Todo el mundo sabe que es el hijo de mi hermana Delia. Pero el inglés del embajador no es tan bueno —dijo sonriéndola con cariño—. Discúlpame un momento mientras se lo explico en francés —ella asintió con la cabeza y él volvió su atención a Distel y a Louisa.

Esa estúpida condescendiente, pensó Helen, demasiado furiosa para articular palabra. Tomó otra copa de champán y escuchó atentamente la conversación que estaban manteniendo en francés. Se puso pálida; sus sospechas se veían confirmadas. Sufrió tal conmoción que pensó que iba a derrumbarse. Rápidamente apuró el champán y cuando Mary se dirigió al cuarto de baño aprovechó la oportunidad para acompañarla. Había oído suficiente, más que suficiente.

–Esa mujer es la amante de Leon –dijo Helen según entraban a los aseos.

–No, te equivocas –se apresuró a responder Mary.

Helen miró a su amiga con escepticismo.

–Por favor, no te molestes en mentir por mí, no es necesario.

–Para ser precisos, no estoy mintiendo –suspiró Mary–. Pero no me sorprende que hayas adivinado que hubo un lío amoroso entre ellos. Era evidente por la forma que Louisa tenía de mirarlo. Pero, de verdad, Helen, no tienes nada de qué preocuparte. Leon se casó contigo. Él te ama y me consta que aquella aventura terminó; Chris me lo dijo.

–Y tú le creíste –Helen se sentó en la silla más cercana. Ella sabía que Leon no la amaba, pero no podía creer que fuera tan insensible como para dejar que su amante lo besara delante de ella–. Odio decírtelo, Mary, pero tu marido mintió, y antes de que añadas nada más, has de saber que domino el francés a la perfección y que lo entendí todo.

Mary se desplomó en otra silla.

–Hablas francés. Ay, no. Pero espera un segundo, Leon sólo habló durante un momento, luego el embajador y Louisa lo interrumpieron. No han conversado más que unos minutos antes de irnos. Así que ¿qué diablos dijeron que te alterara tanto?

–Más que suficiente. Leon explicó que Nicholas era el hijo de su hermana y luego preguntó a Distel si su esposa se encontraba indispuesta. El embajador contestó que sí, y en un tono más bien sarcástico añadió que pensaba que a Leon no le importaría que Louisa lo acompañase ya que habían sido viejos amigos. A continuación intervino Louisa dirigiéndose a Leon, y éstas fueron sus palabras: «En realidad, *mon cher*, no tienes nada de qué preocuparte. No se me ocurriría molestar a tu pequeña esposa contándole lo nuestro. Me consta que te casaste con ella sólo por el niño. Recuerdo todos y cada uno de los detalles de la última noche que pasamos juntos la semana anterior a tu boda. Y hace diez días, cuando me diste las escrituras del apartamento…» –Helen se detuvo e intentó contener las lágrimas. Luego continuó estoicamente–. «Sabía que era para apaciguar tu mala conciencia. Después de casi cuatro años te entiendo perfectamente, *cher*, y cuando vuelvas puedo prometerte…». En ese punto ella comenzó a reírse y tú me diste una excusa para ir al baño, por lo cual te estaré eternamente agradecida –concluyó Helen.

–Menudo mal bicho.

–Desde luego, pero una pareja perfecta para el mentiroso de mi marido. Obviamente aún se ven. Me dijo que iba a Nueva York, pero según esa mujer se vieron en París hace diez días.

–Eso no lo sabes –Mary intentó consolarla–. No escuchaste la respuesta de Leon. Probablemente desmintió lo que decía Louisa. ¿Por qué si no, sólo un momento antes, Leon, que nunca en su vida ha dado muestras de afecto en público, te dio las gracias por casarte con él y te besó delante de todo el mundo? Eso debe significar algo; tienes que darle una oportunidad.

Helen se levantó con los ojos en blanco.

–Creo que no –respondió tajante.

–Venga, Helen, no puedes creer ni por un instante que Leon prefiera a una mujer como ésa antes que a ti. Volvamos. No vas a dejar que una lagarta como Louisa te fastidie. Y si hay algo que yo pueda hacer…

—No te preocupes, Mary —dijo Helen. Por un instante se sintió derrotada, pero había recibido demasiados golpes en su vida como para darse por vencida tan fácilmente—. Estaré bien y no montaré ninguna escena. Tienes razón, es hora de regresar a la fiesta.

—¿Estás segura?

—Desde luego —aseveró Helen, y abrió la puerta. Según volvía hacia el salón de baile, sintió un extraño desapego ante lo que la rodeaba. El sonido de la gente, las risas, la música, nada de ello podía penetrar la indiferencia que se había instalado en torno a ella como una invisible coraza. Nada había cambiado, se dijo a sí misma. Aún tenía a Nicholas. Siempre había sabido que Leon era un mujeriego impenitente; así se lo dio a entender su propia hermana. Y en cuanto a los hombres, jamás volvería a amar a ninguno. Leon tenía razón: el amor era una ilusión, una ilusión que ya había padecido y que ahora podría olvidar. Helen había llorado al perder a su familia y a su amiga; su marido, en cambio, no era digno de una sola lágrima.

No había señal de la pareja francesa cuando regresaron al salón de baile. Chris y Leon estaban enfrascados en una conversación, pero los dos se volvieron al ver entrar a Mary y a Helen. Leon enseguida se dio cuenta de que algo iba mal. La frágil sonrisa qué ella le dirigió hablaba por sí sola. Él se acercó a ella y le pasó el brazo por la cintura.

—Te he echado de menos —susurró dulcemente. Ella no respondió; simplemente se quedó inmóvil—. Tengo muchas ganas de bailar contigo —lo intentó de nuevo. Inclinó la cabeza y le dijo al oído—: Quiero tenerte en mis brazos.

—Lo siento, estaba charlando con Mary —Leon la sacó a la pista de baile y ella no objetó nada; puso la mano en el hombro de él y dejó que llevase el ritmo.

—¿Estás bien? —preguntó advirtiendo que sucedía algo raro. Ella miró para otro lado.

–Claro. ¿Por qué no iba a estarlo? –continuaba sin mirarlo. Él la apretó con más fuerza, pero, en contra de lo que esperaba, su maravilloso cuerpo no reaccionó. Podía estar físicamente en sus brazos, pero mentalmente se encontraba muy lejos de allí.

–¿Te dijo Mary algo que te molestara?

–No –repuso ella.

Durante un momento Leon sintió una emoción desconocida: una mezcla de cólera y miedo. Intentó convencerse de que su imaginación le estaba jugando una mala pasada. Helen era como una masa inerte en sus brazos, pero había una explicación: su timidez en público. Además, era lógico que estuviese tensa, ya que era el centro de todas las miradas.

–Relájate; eres la mujer más hermosa que hay en este lugar y todo el mundo te admira.

–Lo dudo –afirmó, incrédula, con brusquedad.

¿De verdad Leon creía que ella era tan poca cosa que necesitaba del falso consuelo de un tipo tan arrogante y mentiroso como él? Sin embargo, Leon siempre había estado en lo cierto en algo: el ardor que sentía cuando él la tocaba no era, tal como él había dicho, más que sexo. Afortunadamente ya no sentía nada en sus brazos. Aquella traición había matado del todo su amor por él.

–¿Estás segura de que estás bien? No tenemos que quedarnos mucho más si no quieres.

–Al contrario: pienso bailar toda la noche –pese a su sonrisa, en su interior sólo había ira y frustración.

Cuando entró en la limusina, Helen se sentó todo lo lejos que pudo de Leon. No quería mirarlo ni hablar con él, así que cerró los ojos y reclinó la cabeza sobre el asiento. Ella se había pasado la noche bailando y riendo, y él había tenido el descaro de decirle que había sido la reina del baile. Tenía la sensibilidad de una serpiente, pero estaba decidida a no dejarse destrozar.

Cuando llegaron, salió escopetada para la casa sin detenerse. Una vez en la suite principal, se desabrochó el collar y lo dejó caer junto con los pendientes y la pulsera. Se dirigió al vestidor y allí se quitó las horquillas del pelo. Abrió un cajón y escogió la prenda menos glamurosa que vio: un camisón. Cuando volvió a entrar al dormitorio, Leon estaba de pie en medio de la habitación. Se había quitado la chaqueta y la corbata, su camisa estaba desabotonada hasta la cintura y en su mano tenía las joyas que ella había arrojado al suelo.

−¿No te parece algo descuidado dejar esto en el suelo? ¿Vas a decirme qué es lo que te ocurre, Helen? Estaba empezando a tener un mejor concepto de ti, pero está visto que me equivocaba, a menos que tengas algún tipo de explicación para actuar de la forma en que lo has hecho.

−¿Y qué sabes tú de mi forma de actuar? Piensas que me conoces muy bien sólo porque compartimos cama y fluidos corporales, pero no me conoces en absoluto. Si me conocieras, te habrías enterado de que viví en Suiza hasta los catorce años. De los cuatro idiomas que se hablan allí, domino dos: el italiano y el francés. ¿Es necesario que siga? −ella vio cómo él se ruborizaba. Hacía muy bien en sentirse culpable.

−Ah, oíste lo que dijo Louisa. Fue una imprudencia por mi parte, pero hablé en francés para evitarte un mal trago.

−Qué atento eres −dijo ella con sarcasmo.

−Escuchaste que fue mi amante, y lo lamento, pero no tienes ningún motivo para sentirte celosa, Helen. Aquello terminó antes de casarnos, y mientras esté contigo no necesito a ninguna otra mujer, lo juro.

Helen no podía dar crédito. Aquello era demasiado.

−Debes de pensar que me chupo el dedo si esperas que me crea una sola palabra de lo que dices. Eres el canalla más mentiroso, manipulador y arrogante que he tenido la desgracia de conocer. Has estado liado con esa mujer durante años. ¿Me tomas por tonta? La semana anterior a nuestra boda estabas en su cama. Delia me dijo lo infieles que eran los hombres de vuestra familia, y por Dios que tenía razón. Tuviste incluso la desfachatez de decirme hace diez días que ibas a Nueva York cuando en realidad fuiste a ver a esa mujer recién salido de mi cama; una cama donde, por cierto, me llamaste *ma petite*, una expresión francesa, cuando tuvimos relaciones sexuales por primera vez. Ahora ya sé por qué: por la fuerza de la costumbre. Luego, para rematarlo todo, descubro que has regalado a tu amante un apartamento y Dios sabe qué más. Y te preguntas por qué han terminado las joyas que me regalaste en el suelo –la mirada de Helen expresaba todo el rechazo que sentía hacia él.

–¿Has terminado ya de crucificarme? –preguntó Leon con aspereza mientras la sujetaba por la cintura.

–Dios ayude a Nicholas con un padre como tú. En cuanto a mí, no quiero que me vuelvas a tocar en tu vida.

Aquel último golpe era más de lo que Leon podía soportar. No era ningún santo, y era cierto que se había acostado con Louisa la semana previa a la boda, pero sobre todo porque ella se lo suplicó. Después de decirle que habían terminado, sintió lástima y accedió, pero no se quedó a dormir y se marchó antes de medianoche. La aparición de Louisa en la fiesta le pilló desprevenido, pero le parecía intolerable que su esposa hubiera pensado tan mal de él, que creyera que había mentido cuando había dicho que iba a Nueva York.

La atrajo hacia él, hundió la mano en su pelo y, con una pasión enfurecida, se arrojó a su boca. Él notó su resistencia, y luchó contra el deseo de hundirse aún más en ella, de hacerla saber de la forma más primitiva que era suya.

Hizo un gran esfuerzo por suavizar la rabia de su

beso, pero ella seguía rígida en sus brazos. Frustrado y enojado, puso la mano bajo el camisón, subiendo por la pierna en busca de su sexo mientras con la boca capturaba su pecho a través de la tela.

De pronto, la coraza de indiferencia que había ayudado a Helen toda la noche se hizo añicos y la dejó en carne viva. Ella arremetió salvajemente contra él, pero era como dar golpes contra un muro. Su cerebro lo rechazaba, pero en su cuerpo se despertó un deseo incontrolable.

Él la tomó en sus brazos y la dejó desnuda sobre la cama. El camisón se había quedado por el camino. Una pierna musculosa se interpuso entre las de ella mientras una boca ávida le devoraba los pechos. El cuerpo de Helen se arqueó de forma convulsa. Sólo era consciente de cómo su poderoso miembro la penetraba y la llenaba a impulsos cada vez más profundos. Hasta que un torbellino de sensaciones estremecedoras la elevó por los aires, culminando en una explosión sensual tan intensa que durante un momento dejó de respirar.

Notó cómo el peso de Leon cedía. Tumbados en la cama uno junto al otro, sólo se oía el acelerado latido de sus corazones y su respiración jadeante. Helen se había quedado sin palabras. Su cuerpo la había dejado por mentirosa. Él se recostó sobre un codo y la miró a los ojos.

—Así que no querías que te volviera a tocar en la vida —se burló sin acritud—. Al igual que me sucede a mí, Helen, ya no puedes resistirte al deseo que existe entre nosotros.

—Ésa es tu jactanciosa opinión —le espetó ella.

—No es una opinión, sino un hecho, y para demostrártelo no te tocaré de nuevo, no hasta que *tú* me lo pidas. Y dudo que tengamos que esperar mucho. Algunas mujeres, una vez que han probado el sexo, ya no pueden pasar sin él, y me da la impresión de que perteneces a esa clase de mujeres.

–Ni lo sueñes –bufó ella. Sentía vergüenza de su propia debilidad y lo odiaba con todas sus fuerzas. Quería pegarlo, destrozar su colosal orgullo–. Sólo estoy aquí por Nicholas, y para dejar las cosas claras, déjame decirte que la cicatriz de mi tripa no es de una apendicitis, sino de un accidente. Así que si albergas la esperanza de que algún día me pueda quedar embarazada, olvídalo. No puedo tener hijos.

En su explosión de rabia, había confesado su mayor secreto, pero la reacción de Leon no fue la que ella esperaba. Él la miró y le acarició la cicatriz con la mano.

–No me importa no tener un hijo biológico. Tenemos a Nicholas –dijo sin alterarse–. Lamento lo que ha ocurrido esta noche, y no espero que me creas ciegamente. Pero si hubieras escuchado un poco más habrías oído cómo le recordaba a Louisa que la relación había terminado para siempre, y que había sido compensada generosamente por su amistad. No tienes nada de qué preocuparte; bórralo de tu mente.

La facilidad con que él pasó por alto su confidencia la enojó aún más. Para Helen era un tema muy delicado, pero Leon se mostraba tan imperturbable ante la noticia que obviamente no parecía importarle lo más mínimo lo que ella pudiera sentir.

–¿Es eso lo que hizo tu primera mujer cuando se enteró de la existencia de tus amantes? ¿O Tina nunca supo lo infiel que eras? ¿Le mentiste con la misma facilidad con que me has mentido a mí cuando le decías que eras fiel? –preguntó llena de amargura.

–Yo nunca te mentí, ni a Tina, aunque tampoco le habría importado mucho. Tina actuaba por su cuenta. Tenía veintitrés años cuando la conocí, y nos casamos porque de otro modo no podía acostarme con ella.

Y, según Delia, por la empresa de su padre, pensó Helen con desagrado.

–Antes de que preguntes nada –se anticipó Leon, como si le estuviera leyendo el pensamiento–, la fusión con la compañía bancaria de su padre le benefició fundamentalmente a él. Es cierto que queríamos expandirnos a Estados Unidos, pero teníamos opciones mucho mejores que la suya, y tuve que trabajar como un esclavo para que la operación resultara rentable. En cuanto a lo demás, te conté la verdad cuando te dije que le fui fiel mientras ella también lo fue conmigo. Lo que no te conté es que yo no fui su primer amante, ni desde luego el último. La monogamia era algo completamente ajeno a su naturaleza.

Y a la de él, pensó Helen sin piedad.

—No tengo la costumbre de dar cuenta de mis actos pasados a nadie, pero en este caso haré una excepción. Puedo decir por la expresión de tu cara que, al igual que todas las mujeres, nunca vas a dar por zanjado este tema si no conoces hasta el último detalle –dijo cínicamente–. Cuando conociste a Tina en Grecia llevábamos casados siete años y, que yo supiera, al menos había tenido ya tres amantes. Takis, su primo, había sido uno de ellos. Continuamos casados principalmente para no disgustar a nuestros padres, que eran grandes amigos. Por otra parte, como no tenía intención de volverme a casar jamás, tampoco veía la necesidad de divorciarme. Si esto ofende tu mojigata forma de pensar, lo siento, pero es la pura verdad.

Ella se quedó mirándolo fijamente. Durante un instante tuvo la curiosa sensación de que él necesitaba que ella lo creyese. No, Leon no necesitaba a nadie. En todo caso, Helen ya no sabía qué creer. Leon había puesto su vida del revés, y allí estaba ella tumbada a su lado, saciada de sexo. Si tenía un gramo de sentido común, empaquetaría sus cosas y se iría cuanto antes.

—Si lo que dices es cierto, lo siento –dijo poco convencida.

—No hay por qué, y no necesito tu compasión. No cambia nada. Tú y yo estamos casados y tenemos a un niño al que cuidar, y eso es todo lo que importa.

Él tenía razón en un sentido. A menos que ella abandonase a Nicholas, algo que nunca haría voluntariamente, todo lo demás era irrelevante. No se había casado con Leon por su forma de ser, ni por el sexo. Sexo, pensó Helen, eso era todo lo que había entre ellos, nada más. Su sueño de que Leon llegase a quererla no era más que una quimera.

–Si no te importa, debo levantarme y darme una ducha –dijo ella.

–Pídemelo amablemente y te acompaño.

–Cuando las ranas críen pelo –soltó ella. Se levantó de la cama y se fue corriendo al baño.

Al volver a la habitación, Leon estaba durmiendo.

Cuando despertó a la mañana siguiente, él no estaba. Se dio cuenta de que por primera vez había dormido a su lado sin rozarla y sin darle el habitual beso de buenos días. Estaba claro que se había propuesto cumplir su amenaza. Ella juró en silencio que nunca volvería a tocarlo.

Cuando él regresó aquella noche era como si nada hubiera cambiado. En la cena Leon le dijo que al día siguiente se irían a la isla a pasar dos semanas de vacaciones coincidiendo con la Semana Santa. La niñera se tomaría unos días libres pero se les uniría después.

Al acostarse, todo lo que hubo fueron unas escuetas «buenas noches». Él le dio la espalda y en pocos minutos ya estaba profundamente dormido. Para Helen no fue tan fácil. La esperanza que había arraigado en su corazón durante aquellas últimas semanas había muerto.

Al día siguiente se subieron a un pequeño avión. Nicholas estaba loco de contento, Helen callada y Leon tan reservado como de costumbre.

Capítulo 11

ESTA MAÑANA tengo que ir al continente –le comunicó Leon a Helen mientras desayunaban en la terraza de la villa.

Ella lo miró con recelo. Él, que en realidad quería hacerle el amor de forma apasionada, maldijo por enésima vez aquello de que tendría que ser ella quien tomase la iniciativa, pero su orgullo no le permitía ahora echarse atrás. Él sabía que ella terminaría por cambiar de opinión. Podía ver el deseo en sus ojos. Helen tenía miedo de tocarlo, y él era consciente de que estaba más asustada de sí misma que de él. Era sólo cuestión de tiempo. Mientras tanto, a menos que Leon quisiera parecer una ciruela pasa con tanta ducha fría, debía abandonar la isla y alejarse de la tentación durante unas horas. Por fortuna, tenía algunos asuntos de trabajo que tratar con Chris.

–Tengo varias reuniones, pero si quieres puedes venir conmigo –¿por qué demonios había dicho eso? Se sintió aliviado cuando ella rehusó.

–¿Cuándo vuelve papá? –preguntó Nicholas, que se había echado en la toalla junto a ella–. Quiero que me dé otra clase de natación.

–Puedo hacerlo yo –respondió Helen al tiempo que se levantaba y se quitaba el sombrero–. Las mujeres son tan buenas nadando como los hombres.

De repente oyó una voz que la llamaba. Helen se giró y se llevó una gran sorpresa.

—Mary, ¿de dónde has salido? —Mary iba acompañada de Mark, su hijo mayor.

—Leon nos trajo a todos, y a la niñera. Pensó que te podría apetecer algo de compañía femenina y que los niños se divertirían jugando juntos.

—Leon tiene razón, me alegro mucho de verte, aunque no me dijo nada.

—Querría darte una sorpresa —Mary sonrió y, tras pedir a Mark que vigilase a Nicholas, continuó hablando con Helen—. Ya veo por qué; no tienes muy buena pinta que digamos. ¿Y esas ojeras? Estás de vacaciones, se supone que deberías estar relajada.

Helen hizo una mueca.

—¿Qué quieres que haga? —miró a Nicholas y vio que estaba feliz, absorto en su castillo de arena y bajo la supervisión de Mark. Mary la tomó del brazo.

—Ven, siéntate, tengo algo que decirte —Helen se sentó en la toalla y Mary a su lado—. Lo quieres, puedo verlo, pero también entiendo por qué no confías en él después de lo que escuchaste en la fiesta. Como abogada, soy consciente de que no debería revelar un secreto, pero quiero pensar que eres mi amiga y que mereces saberlo.

—Eso suena terrible.

—En absoluto. Chris no sólo es el abogado de Leon, sino que también es su amigo. Leon lo llamó anoche para contarle que iba a ir a verlo, pero también le dijo que, aunque estaba muy a gusto aquí contigo, pensaba que podría apetecerte algo de compañía femenina durante el fin de semana. Desde que Chris lo conoce, Leon nunca se había interesado por una mujer fuera de la cama. Mi marido está convencido de que Leon te quiere con locura. Pero luego, en la cama, me enteré de algo todavía más decisivo —dijo Mary con una sonrisa perversa—. Fue Chris quien visitó a Louisa en París hace un par de semanas en calidad de abogado de Leon. Acudió con las escrituras del apartamento y con un talón por una gran suma de dinero. Ya sé que no fue muy elegante, pero tampoco es motivo suficiente para divorciarse. Ahora bien, desconozco si Leon se acostó con Louisa la semana antes de la boda, pero lo que sí te puedo asegurar es que no lo hizo después. Ni siquiera se encontraba en París cuando Chris cerró aquel dudoso trato con Louisa, y ésa es la pura verdad. Pero no se te ocurra decir a nadie que esto te lo he contado yo o Chris me matará.

Helen se dio cuenta de que lo que decía Mary podía ser cierto. Al fin y al cabo, ella nunca escuchó decir a Louisa que Leon le hubiera dado aquellos regalos en persona.

—Te creo, Mary, pero eso no cambia nada. Leon no cree en el amor. Para él, yo nunca seré otra cosa que una fuente de placer sexual, y ahora ni siquiera eso —confesó—. En la pelea que tuvimos después de la fiesta, el muy arrogante me dijo que no me volvería a tocar hasta que yo no se lo pidiera, lo que no va a suceder jamás.

—¿Estás loca?; estás tirando piedras contra tu propio tejado. Leon apenas ha recibido amor en su vida, y es muy probable que no lo distinguiera aunque se diera de bruces con él. Pero si de verdad lo amas, puedes enseñarle en qué consiste. ¿Qué eres, una mujer o una gallina? Si te lo propones, está en tu mano intentar que cambie de opinión. Piénsalo bien.

Si Mary estaba en lo cierto, Leon le había sido fiel al menos desde que se casaron. Sin embargo, Helen reconocía que un hombre como él no estaba hecho para el celibato, y había cientos de mujeres esperando ahí fuera. ¿Sería tan tonta de negar lo que su propio cuerpo ansiaba y quizás de empujarlo a los brazos de otra mujer? Esa idea le hacía darse cuenta de que aún no confiaba en él. Su corazón le decía que el amor y la confianza eran inseparables, pero su cabeza y su cuerpo le decían que buscase primero el amor y que tal vez la confianza llegaría luego.

Helen estaba todavía pensando qué hacer cuando entró al dormitorio para darse una ducha y cambiarse. La respuesta se hallaba allí: un cuerpo atlético de más de un metro ochenta con el pelo mojado y envuelto tan sólo en una toalla.

–Leon, pensaba que estabas con Chris y los niños –dijo Helen mientras su corazón latía con fuerza y su mirada recorría fascinada aquel cuerpo semi desnudo. Él se despojó de la toalla y comenzó a secarse el pelo con ella.

–Los está cuidando la niñera –Leon se colgó la toalla alrededor del cuello y le dirigió una seductora mirada. Con un escueto bikini y la cara sonrojada, las pupilas de Helen se dilataron de deseo mientras sus pechos cobraban firmeza y sus pezones se marcaban a través de la tela.

A Leon le parecía gracioso, cuando no entrañable, el hecho de que ella aún se ruborizase después de todo lo que habían compartido. Se puso la toalla alrededor de la cintura y se acercó, intentando controlar el deseo de tomarla en sus brazos.

–Tienes la misma expresión que la primera vez que me viste desnudo en la playa –le recordó dulcemente–. Ya te deseaba, pero entonces estaba casado. Recuerdo que te dije que debías preguntar antes de comerte a alguien con los ojos. Reconozco que aquellas palabras no fueron muy amables por mi parte.

Él se aproximó un poco más. Sus cuerpos se hallaban a escasos centímetros el uno del otro. Notó cómo la estremeció un ligero temblor. Ella lo estaba deseando.

–Nunca te vi desnudo –respondió Helen–. No hasta casarnos.

–Mentirosa –le sonrió con sus increíbles ojos–. Noté cómo me estabas mirando mientras caminabas hacia mí antes de taparme con una toalla –no la estaba tocando, pero Helen estaba hipnotizada por el calor que emanaba de su cuerpo. Hacía tanto tiempo que no sentía su roce, el deleite de ser poseída, que apenas podía controlar su deseo. Mary tenía razón, y todo lo que tenía que hacer era preguntárselo. Estaba a punto de hacerlo cuando él prosiguió–. Ahora me gusta que me mires así –dijo mientras contemplaba con satisfacción aquel pequeño y apetecible cuerpo–. Y te perdonaré la mentira si dices las palabras que quiero oír. Sabes que lo estás deseando.

La arrogancia que entrañaban aquellas palabras le hizo cambiar de idea.

–No miento. No te vi desnudo –dijo bruscamente–. Estuve ciega durante más de un año, y la última operación de la vista por la que pasé había tenido lugar sólo unas pocas semanas antes. Si te miraba fijamente era porque te veía de forma borrosa, y cuando por fin logré verte con claridad llevabas puesta una toalla –le replicó furiosa.

Sorprendido, Leon la miró a la cara y supo que estaba diciendo la verdad. ¡Menuda metedura de pata! ¿Nunca iba a hacer nada a derechas con esa increíble mujer? Finalmente, se tragó su orgullo.

–¡Qué diablos! No me importa que no me lo hayas pedido –afirmó antes de abrazarla.

En ese momento la besó con todas las ganas que llevaba reprimiendo desde hacía una semana. Ella rompió en gemidos mientras él la saboreaba con fruición y sentía que aquel cuerpo se derretía entre sus brazos. Se preguntó por qué había esperado tanto, la levantó en vilo y la llevó hasta la cama.

–¿Qué haces? Estoy llena de arena –exclamó.

Con una amplia sonrisa, Leon cambió de dirección y se dirigió al baño.

–Voy a lavarte, a mimarte y a hacerte el amor, no necesariamente en ese orden –Helen tragó saliva y se humedeció los labios, repentinamente secos. Había dicho «hacer el amor», y no había tenido que pedírselo. No importaba si era amor o lujuria. Como Mary había dicho, dependía de ella enseñarle la diferencia. Al contemplarlo y percibir la pasión brillando en su mirada, Helen supo que tenía que intentarlo aunque le llevase toda una vida, porque lo amaba.

Ya en la ducha, con una ternura que la cautivó, la lavó de pies a cabeza. Sus manos se demoraban en ciertos lugares sin que ella plantease objeción alguna. Al terminar, entre besos, la envolvió en una gran toalla y la llevó a la cama. Apoyado en los brazos, se tumbó encima de ella de tal forma que sus atléticos muslos apresaron las piernas de Helen. Ella sintió la dureza de su erección contra su vientre. Cuando su boca alcanzó la de ella, se abrió a él con un apasionado suspiro de placer. Él le lanzó una ardiente mirada.

–¿Tienes idea de lo hermosa que eres? –le susurró.

Ella, hipnotizada, lo besó desesperadamente mientras se aferraba a su piel morena.

–Ay, Helen, no sabes la falta que me haces –dijo mientras trazaba una imaginaria línea de besos hasta sus pechos. Se metió en la boca un pezón y lo chupó con avidez.

Helen dio un grito sofocado y hundió las manos en el cabello de Leon mientras éste dedicaba la misma atención al otro pecho.

–Por favor, Leon –gimió ella mientras todo su cuerpo se estremecía.

Él continuó hasta que el placer casi se transformaba en dolor.

–Por favor –suplicó ella.

Al oír su gemido, Leon levantó la cabeza para descubrir una pasión ciega en aquel hermoso rostro. Con un poderoso impulso se hundió en las profundidades de su sexo. Quería quedarse inmóvil dentro de ella durante un tiempo, pero fue incapaz de aguantar. Tenía su dulce sabor en la lengua, y la ardiente pasión de Helen lo consumía. Al notar la presión de Helen, su fuerza de voluntad lo abandonó y no tuvo otra opción que continuar. Lanzó un gemido y penetró más y más, hasta que los dos estallaron en un orgasmo como nunca antes habían experimentado.

Helen se aferró a Leon mientras remitían los temblores que los habían sacudido con una pasión desmedida. Ella suspiró débilmente. Al fin su mente y su cuerpo estaban de acuerdo. Leon se apoyó en un brazo para aligerarla de su peso mientras contemplaba aquel hermoso rostro.

–Victoria al fin –dijo él. La tranquilidad de ánimo de Helen se vio alterada por esas palabras. Furiosa, le dio un empujón y se sentó en la cama.

–No me ganaste; nunca te pedí que me tocaras. Fuiste tú quien empezó –dijo ella con rabia mientras él se reía descaradamente.

–Quería decir que me venciste; estaba admitiendo mi derrota.

–Ah –era una confesión inaudita viniendo de Leon, aunque tumbado en la cama, con las manos detrás de la cabeza y una sensual sonrisa en la cara, parecía cualquier cosa menos alguien derrotado, pensó Helen con ironía. Su imagen era, por el contrario, la de un hombre seguro de sí mismo que acababa de saciar su voraz apetito sexual.

–Sin embargo, creo que en aras de la armonía matrimonial deberíamos declarar un empate. Si no recuerdo mal, te oí implorarme que continuara no una sino dos veces –dijo en tono de broma.

Helen no pudo reprimir la risa.

–Eres un caso perdido. Si no nos vestimos y bajamos, nuestros invitados van a subir a buscarnos.

–De acuerdo –respondió él mientras le dedicaba una radiante sonrisa–. Dame un par de minutos y el baño será todo tuyo.

Aquellos últimos días habían supuesto una auténtica revelación. Todo el mundo, incluyendo los niños, se lo había pasado bien. Leon, relajado y cariñoso, era digno de contemplar. Helen estaba casi segura de que era amor, aunque ni él ni ella habían pronunciado la palabra mágica.

Había llegado el momento de regresar a Atenas.

–Tengo que levantarme –refunfuñó Leon. Helen se apoyó con picardía en el pecho de Leon para montarse a horcajadas sobre sus poderosos muslos–. Usted, señora, se está volviendo muy atrevida –bromeó, y con un hábil movimiento se puso encima de ella–. No era lo que esperaba de la inocente mujer con la que me casé. Pero entonces tampoco esperaba... –no terminó la frase.

–¿Qué no esperabas? –preguntó Helen.

–Nada. Tengo que irme –saltó de la cama y se detuvo un momento para contemplarla–. Hay algo que debo decirte, pero puede esperar hasta la noche. Esta noche te lo cuento –y se inclinó para darle un tierno beso en la frente.

Helen guardó aquellas palabras en su corazón como si de un tesoro se tratara. Estaba segura de que iba a decirle que la amaba. ¿Qué otra cosa podía ser después de aquellas tres últimas semanas de auténtica felicidad?

Aquel día la niñera sería la encargada de llevar a Nicholas a la escuela, ya que ella tenía una cita a las once. Al principio, cuando había comenzado a sentirse cansada y a tener algunas náuseas, lo había achacado al cambio de país, de comida e incluso de clima. Había sido Mary quien había sugerido que el motivo podía ser otro. Helen no quiso hacerse ilusiones, pero en todo caso había pedido cita con el ginecólogo de Mary para aquella mañana.

Pidió al chófer que la esperase y entró en la clínica privada. La doctora Savalas era una mujer de cincuenta años. Enseguida Helen se sintió muy cómoda con ella. Le contó la historia del accidente y le pidió disculpas de antemano por lo que seguramente era una visita inútil.

—Entonces, a ver si le he entendido bien, señora Aristides: usted cree que podría estar embarazada, pero a la edad de catorce años sufrió un accidente de tráfico en el que se fracturó la pelvis. El doctor que la operó dijo que la intervención había sido un éxito, pero que lo más probable era que nunca pudiera tener hijos. ¿Correcto hasta aquí?

Helen asintió con la cabeza.

—De acuerdo, deme el nombre del doctor que la atendió y ya veremos qué me dice.

—¿De verdad estoy embarazada? —una hora después, sentada de nuevo frente a la doctora Savalas, Helen estaba llorando de felicidad.

—No hay lugar a dudas. He hablado con su doctor de Ginebra y en realidad no hay ninguna razón médica por la cual no pueda seguir adelante con este embarazo, a pesar de que su pelvis es más débil de lo normal y usted es bastante pequeña. Por prudencia, sugiere que lo más seguro sería efectuar una cesárea, algo con lo que estoy de acuerdo.

Helen salió de la clínica y subió al coche. Estaba en el séptimo cielo, con una enorme sonrisa dibujada en la cara. Cuando el chófer le preguntó dónde ir, no dudo ni un segundo en responder que al banco. Necesitaba contárselo a alguien, y Leon tenía derecho a enterarse antes que nadie.

Capítulo 12

BUENO, bueno, alguien parece muy contenta.
Helen miró sorprendida a aquel hombre apuesto
que estaba frente a ella.

–Hola, Takis.

–Déjame adivinar, vas de camino a ver a Leon y a
los abogados para recoger la herencia que Delia te
dejó.

–No, con un poco de suerte, voy a intentar convencer a Leon de que me invite a almorzar –dijo con una
sonrisa.

Después de lo que Leon le había contado, Helen
desconfiaba de Takis, pero se sentía tan feliz que nada
podía estropearlo. Sin embargo, estaba algo sorprendida por aquel comentario: ¿qué sabía Takis del testamento de Delia? Tampoco era que fuera muy importante. Por lo que a ella respectaba, la herencia era para
Nicholas, y punto.

–Eres una mujer con suerte y pronto serás muy rica,
pero quien de veras es afortunado es Leon. Tiene el
control de todo y además te tiene a ti. Debo admitirlo:
es brillante e implacable cuando se trata de negocios.

Había algo en su mirada muy cercano a la envidia,
y a Helen no le gustó aquella descripción tan poco ha-
lagadora de su marido.

–Lo siento, no tengo ni idea de qué estás hablando.

–Vamos, Helen, podrás ser rubia, pero no eres ninguna tonta. Seguro que sabes que el viejo Aristides
murió antes que su hija. Lo cual significa que Delia
heredó el cuarenta por ciento de la fortuna de su padre

y, según la información de que dispongo, dejó el ochenta por ciento de sus bienes a su hijo y el resto a ti. Tienes que haberte dado cuenta de que tú y el chico habéis ganado mucho más que si Delia hubiera fallecido primero, para consternación de Leon.

–¿Qué estás intentando decirme? –la sonrisa de Helen se borró junto con la sensación de euforia.

–Así que en realidad no lo sabes –la tomó del brazo–. Ven a tomar un café y te lo explicaré todo.

Entraron en una cafetería, y Helen empezó a sentirse algo mareada.

–Leon y su padre siempre habían conservado la mayoría de las acciones de Aristides International en el entorno de la familia más cercana. Siempre dispusieron del derecho de voto de Delia, aunque podría haber sido diferente en caso de que Delia hubiera vivido lo suficiente para heredar ese derecho de su madre al cumplir los veinticinco años. Pero después de la doble tragedia y del descubrimiento del testamento de Delia y de su hijo ilegítimo, tú, Helen, te convertiste en el comodín de la baraja. De haber sido el albacea de las propiedades del chico, Leon no habría tenido ninguna traba, ya que podría haber votado en su nombre siguiendo sus propios intereses. En cambio, tú sí que podrías haber supuesto un auténtico problema para él.

–No entiendo nada –dijo ella entre dientes, con un creciente sentimiento de temor.

–Es muy sencillo: tú heredaste el veinte por ciento de la fortuna de Delia, lo que incluye el ocho por ciento de las acciones de la compañía. Yo tengo algunas, al igual que otras personas cuyos parientes han estado implicados en pasadas fusiones o que simplemente las adquirieron. El resto de acciones se hallan en manos de grandes firmas de inversión que están más que satisfechas con la forma en que Leon dirige la compañía. Pero técnicamente, si todos nosotros nos uniésemos, Leon dejaría de ostentar la mayoría en el consejo de dirección. En este sentido, tus participaciones serían decisivas a la hora de desplazarlo del cargo.

–Comprendo –asintió ella.

–Entiéndeme, Helen. Eres una mujer preciosa, pero estás en una posición de fuerza, especialmente como tutora del niño.

–Leon también lo es –Helen advirtió una expresión condescendiente en el rostro de Takis.

–¿Estás segura? ¿Por qué no lo verificas con tu abogado? Creo que descubrirás que Leon es albacea de los bienes del niño, pero no su tutor. Eres una mujer fantástica, y odio ser el que te diga esto, pero Leon tenía razones muy poderosas para casarse contigo, y no me refiero sólo al chico. Al heredar esas acciones, te convertiste en una amenaza a su dominio absoluto sobre la compañía. Ya sabes lo obsesivo que es, le gusta tenerlo todo bajo control. Así que ten cuidado.

Takis se levantó y se fue. Durante un buen rato, Helen se quedó sentada con la mirada perdida dando vueltas a lo que Takis le había revelado sin querer creérselo. Le vino a la memoria la cita que Leon le había arreglado con el señor Smyth. Éste la había felicitado por la herencia y por su futura boda, le había comunicado que Leon y ella eran los albaceas de los bienes de Nicholas y le había recomendado que leyera el testamento en su integridad. Pero como entonces tenía prisa por comprar el vestido para la boda, no lo hizo. Ella le había dicho que quería dar el dinero a Nicholas. Entonces se acordó de que le había aconsejado que no tomara ninguna decisión hasta que el testamento hubiera sido autentificado. ¿Había intentado avisarla?

La adopción de Nicholas, propuesta por Leon sólo dos días después de la boda y determinante para eliminar la resistencia de Helen, cobró de pronto un sentido siniestro. Si, como Takis afirmaba, Leon nunca había sido tutor del niño, entonces la adopción servía perfectamente a sus intereses, ya que le habría otorgado idénticos derechos a los de ella. ¿Cómo se podía ser tan despiadado y maquiavélico?

–¿Desea la señora algo más? –Helen miró al camarero.

–No, no, gracias –el camarero le dio la cuenta y una sonrisa amarga cruzó su rostro: Takis se había ido sin pagar. Confusa, estuvo caminando por las calles de Atenas sin saber qué pensar. Cuando finalmente llegó a la casa, ya eran más de las cuatro. Oyó las risas del niño, procedentes del jardín, y se acercó hasta la piscina.

–Hola, mamá, mira cómo nado –gritó Nicholas.

Ella lo contempló, reprimiendo las lágrimas. Marta, la niñera, estaba en la piscina con él y Anna y el chófer estaban sentados a la mesa de la terraza, los dos pendientes también del niño.

–Ven a la piscina –le pidió Nicholas.

–Hoy no. Voy a subir a cambiarme –y diciéndole adiós con la mano se metió en la casa.

«Ni hoy ni ningún otro día», pensó con tristeza mientras ponía la mano en su tripa. Leon tenía razón: Nicholas era griego y estaba bien atendido por gente que lo adoraba. En realidad él no la necesitaba, se dijo apenada. Ella no pertenecía a aquel lugar, y había decidido volver a casa.

Se detuvo a mitad de las escaleras, horrorizada por aquellos pensamientos egoístas. Nicholas era tan hijo suyo como la criatura que llevaba en su vientre, que también sería medio griego. No tenía derecho a hacerles eso. Biológicamente serían primos, y en su corazón, hermanos.

Se despojó de la ropa y se tumbó en la cama con los ojos llenos de lágrimas. Todos sus sueños y esperanzas se habían desvanecido por un encuentro casual y unas cuantas palabras de un hombre al que apenas conocía. ¿Cómo podía haber sido tan estúpida?, se dijo enfadada consigo misma. Aún se estaba haciendo la misma pregunta cuando llegó Leon.

–Hola, cariño –Leon entró en la habitación con una espléndida sonrisa en el rostro–. Ponte algo elegante que te invito a cenar fuera –la estrechó entre sus brazos, levantándola con suavidad y contemplando aquel delicioso cuerpo ligero de ropa. Estaba a punto de besarla cuando Helen puso las manos contra su pecho y lo empujó.

Incapaz de sentir una pizca de amor, al fin lo veía tal como era en realidad. El perfecto e implacable magnate. ¿Cómo había estado tan ciega?, pensó, advirtiendo un destello de impaciencia en sus ojos.

–No quiero salir a cenar contigo –declaró de forma categórica.

El que debería haber sido el momento más feliz de su vida era ahora una parodia. Estaba apenas vestida y sólo quería perderlo de vista tan rápido como fuera posible.

–Estoy embarazada.

–Dijiste que no podías tener hijos –dijo él con aspereza.

Ella se quedó mirándolo. No parecía feliz ante la perspectiva de ser padre. Nunca había visto una expresión tan severa en su rostro. ¿Por qué la sorprendía aquella reacción? Ya le había dicho que no tenía mayor interés en ser padre de un hijo biológico; probablemente no quería dividir sus bienes otra vez, pensó Helen despectivamente.

–Estaba equivocada; por lo visto, después de todo, la fractura de pelvis no me impide quedarme embarazada, aunque necesitaré que me practiquen una cesárea –Helen no podía creer que le estuviera hablando con tanta calma cuando por dentro era un amasijo de dolor y furia.

–¿Es mío? –aquella pregunta era demasiado cruel después de un día en el que Helen había pasado de la mayor felicidad a la desesperación más absoluta. Ya no podía soportarlo más.

–Déjame en paz. Simplemente déjame en paz –necesitaba irse y lo rozó al pasar.

–Lo siento –dijo Leon bruscamente mientras la agarraba del brazo y la estrechaba contra su cuerpo–. Claro que es mío; no sé qué es lo que estaba pensando. Es mi dichosa forma de ser, perdóname.

En sus brazos, Helen se sentía más débil. ¿Qué más daba la razón por la que se hubiese casado con ella? De repente se le hizo obvio lo irónico de la situación. Al principio la había acusado de hacerse cargo de Nicholas por dinero; incluso tuvo el descaro de llamarla «la niñera mejor pagada del mundo». Y, sin embargo, todo ese tiempo había sido Leon el que había actuado en función de sus propios intereses para proteger su formidable fortuna.

–Helen, por favor, siento mucho haber dudado de ti. Confío en ti con los ojos cerrados –dijo con toda solemnidad. Las repetidas disculpas la hicieron reflexionar. Demasiado poco y demasiado tarde, pensó amargamente.

–Hoy me encontré con un amigo tuyo, y lo que me contó fue de lo más interesante. Parece que el único motivo por el que nos querías a Nicholas y a mí era para mantener el control de tu maldita compañía.

La expresión de Leon adquirió un carácter sombrío.

–¿Qué amigo?

–Me topé con Takis cuando iba a verte. La doctora Savalas me había confirmado que estaba embarazada y quería que fueras el primero en enterarte. Tonta de mí –lo miró enfurecida–. Takis me paró para darme la enhorabuena por convertirme en una mujer acaudalada y para advertirme sobre ti. Tomamos un café, y tras charlar con él de pronto me di cuenta de que no tenía ningunas ganas de verte. Por eso volví aquí.

–No juegues con mi paciencia –dijo Leon sin perder los nervios–. ¿Qué fue lo que te dijo Takis?

–Me dijo la verdad, algo que parece que tú no entiendes –ella no tenía suficientes fuerzas para gritarle, así que hizo un esfuerzo para proseguir con calma–. Irónico, ¿verdad, Leon? Cuando viniste a mi casa me acusaste de ser una cazafortunas, pero en realidad, durante todo este tiempo, has sido tú quien se ha movido por dinero. Me he enterado de todo lo concerniente a los testamentos –expresó de forma tajante–. El hecho de que tu padre muriera primero significa que Delia heredó de sus bienes y, por consiguiente, a Nicholas y a mí nos correspondía mucho más. Descubrir que existíamos debió de suponer una conmoción para ti. No es de extrañar que vinieras corriendo a Inglaterra, ya que tu control sobre Aristides International se veía amenazado.

La cara de él era un poema. Ella pensó que no le faltaban motivos para sentirse culpable.

–Ah, y tu sensata oferta de celebrar un matrimonio de conveniencia al tiempo que evitabas decirme que no fuiste nombrado tutor de Nicholas fue mucho más deshonesto de lo que yo nunca hice. Y lo de adoptar a Nicholas, aquello fue un golpe maestro.

Helen se calló un momento, incapaz de continuar ante el peso de la frustración que sentía.

–Fuiste tan eficaz y considerado, incluso para organizarme una cita con el señor Smyth. Dime, ¿cuánto le pagaste?

–Basta –dijo con los dientes apretados de rabia–. Nunca le pagué nada. Y nunca dije que fuera tutor de Nicholas. Lo único que dije fue que era albacea de sus bienes –Helen recordó que tenía razón, pero eso no cambiaba el hecho de que había permitido que lo creyera.

–Tal vez no. El abogado me dijo que leyera el testamento, pero tenía prisa por comprar el traje de boda y no me molesté. Parece una broma de mal gusto, ¿no? Pero para ser justos con el señor Smyth, también me dijo que no firmara nada hasta pensármelo bien. Así que, al contrario que tú, al menos él fue sincero. Aunque ahora me parezca mentira, entonces fui lo bastante ingenua como para creerte, pero eso ya se ha terminado.

—Si te callas, puedo explicártelo todo —dijo Leon, haciendo el gesto de tocarla con una mano, pero Helen se la apartó de un golpe.

—No malgastes saliva. Ya me engañaste para que me casara contigo y para llevarme a la cama, y estoy segura de que no te habría importado lo más mínimo quitarme lo que Delia me dejó.

—No —exclamó enojado mientras le pasaba un brazo por la cintura y tiraba de ella hacia sí—. Eso no es cierto, y la principal razón por la que Takis ha llegado tan lejos en el intento de ponerte en mi contra es porque hoy me enfrenté a él. A partir de la investigación sobre el consumo de drogas de Delia, he descubierto que Takis pasaba drogas a sus amigos como si fueran caramelos, y Delia era una de sus víctimas. La policía no puede hacer nada al respecto porque no pueden probarlo. Pero le dije que si alguna vez lo volvía a ver en Atenas lo mataría.

Helen lo creyó, pero eso no cambiaba nada; sólo confirmaba que Leon era un bastardo sin escrúpulos. Ella respiró hondo y de repente se dio cuenta de la dureza de aquel cuerpo que la aprisionaba. Su olor, una mezcla de colonia ácida y aroma masculino, estaba nublando sus sentidos y debilitando el control que tenía de sí misma.

—Es probable que tengas razón, pero eso ya da igual —dijo de forma tajante, decidida a no dejarse dominar otra vez por el deseo—. No tienes de qué preocuparte; no he cambiado de idea. Aún pienso ceder todo a Nicholas. Ahora, si no te importa, ¿serías tan amable de marcharte?

La cabeza le daba vueltas, las piernas apenas podían con su peso y había alcanzado el límite de la resistencia física.

–Quiero vestirme –alcanzó a murmurar antes de perder la consciencia.

Helen abrió los ojos y por un instante se preguntó dónde se encontraba. Miró alrededor y se dio cuenta de que estaba tumbada en la cama. ¿Cómo había llegado hasta allí? La puerta se abrió y apareció Anna con Nicholas a su lado y una taza de té en la mano. Helen se incorporó para sentarse.

–¿Qué ha pasado? –preguntó.

–Se desmayó –Anna sonrió y se detuvo al lado de la cama–. Algo normal en una joven en su estado. El señor la sujetó y la tumbó sobre la cama. Me dijo que usted estaba embarazada y ha ido a llamar al médico –dijo acercándole la taza–. Los hombres no saben qué hacer en situaciones como ésta. Ahora bébase el té y dígale a Nicholas que se encuentra bien –el niño se subió encima de la cama.

Al recordar todo lo que había sucedido aquel día, abrazó con fuerza a Nicholas y con unas pocas palabras y unos cuantos mimos le aseguró que estaba bien, y el niño salió disparado a seguir jugando.

–¿Ha comido hoy? –preguntó Anna–. El chófer pensaba que usted iba a almorzar con el señor, pero éste lo ha desmentido, y recuerde que ahora debe comer por dos.

–No, me temo que no he comido nada.

Anna regresó cinco minutos después con una ensalada de jamón, y la dejó sola. Cuando ya se había comido la ensalada y estaba a punto de levantarse para vestirse entró Leon. Era la última persona a la que deseaba ver. Le seguía un hombre de baja estatura y pelo gris. Era el médico.

–No necesito un médico –dijo ella–. Yo…

–Yo seré quien decida eso –dijo Leon con gravedad, mientras se acercaba a la cama para acostarla de nuevo–. Estás de un humor demasiado cambiante como para saber lo que necesitas.

El doctor le tomó la temperatura y el pulso ante la atenta mirada de Leon.

–Voy a acompañar al doctor a la puerta y ahora vuelvo –declaró, mirándola fríamente.

Helen se estremeció por dentro al notar el tono amenazante de sus palabras, e hizo ademán de levantarse. Debía estar vestida y arreglada para hacerle frente.

–No se te ocurra levantarte –le ordenó Leon con la aprobación del doctor.

Helen estaba que echaba humo. Podía desafiar las tiránicas órdenes de su marido, pero no las del médico. Nada ni nadie, incluida ella, pondría en riesgo la preciosa vida que llevaba dentro.

Ablandó las almohadas y se recostó cómodamente. Tenía que quedarse en la cama, pero no tenía que estar tumbada. Ya lo había estado demasiado por Leon Aristides. Una vez que se levantara de aquélla nunca volvería a compartir otra cama con su marido.

Por el bien del hijo que llevaba en sus entrañas y por Nicholas permanecería en Atenas, y de buena gana les cedería toda la herencia que le correspondía. Sabía que Leon la dejaría en paz una vez que obtuviese lo que buscaba. Él mismo le había contado que su primer matrimonio había sido una pantomima durante años. En cuanto a ella, con el tiempo podría acostumbrarse a todo. Tenía suficiente experiencia, y esa vez estaba la compensación no de uno, sino de dos hijos a los que amar. La puerta se volvió a abrir y entró Leon.

–El doctor ha dicho que debes descansar media hora y luego puedes levantarte. ¿Necesitas algo?

–No –sólo quería perderlo de vista–. Creo que ya has hecho suficiente por mí –dijo con sarcasmo–. No tengo nada más que decirte excepto mis condiciones. Si deseas seguir casado, estoy preparada para quedarme en esta casa por Nicholas y por nuestro futuro hijo, pero no en esta habitación. Si quieres el divorcio, te lo daré, pero conservaré a los niños –al fin estaba recuperando el control de su vida. Se produjo un largo y tenso silencio.

—Está claro que no confías en mí para nada. Pero esta conversación no se ha acabado.

La desafiante mirada que le lanzó puso en jaque la incipiente seguridad de Helen.

—Discutiremos tus condiciones luego en mi estudio, cuando Nicholas se haya acostado. No me obligues a venir a buscarte –y se marchó dando un portazo.

Helen, reacia a entrar, se quedó a las puertas del estudio. Nicholas ya estaba en la cama, y ella no había visto a Leon desde que había abandonado el dormitorio hecho una furia. Estaba nerviosa. Se puso derecha y se ajustó el escote de la blusa. Tenía que plantarle cara y no podía demorarlo más.

Sus pensamientos se vieron interrumpidos cuando Leon abrió la puerta del estudio. Tenía un vaso de whisky en la mano y se había cambiado de ropa. Helen lo miró a los ojos sin miedo.

—Pasa, te estábamos esperando –dijo Leon con tranquilidad. ¿Por qué hablaba en plural? Helen se sintió desorientada. Enseguida vio que Chris Stefano también se encontraba allí.

—Chris… hola –acertó a decir mientras entraba a la habitación–. Me alegro de verte.

—Ahorrémonos las cortesías y vayamos al grano –soltó Leon abruptamente–. Chris tiene algunos documentos para que los firmes y no dispone de mucho tiempo.

Helen se quedó paralizada. Chris era el abogado de Leon. Leon había mencionado la palabra «documentos» en plural. ¿Acaso ya había decidido aceptar su oferta, no sólo sobre la herencia, sino también sobre el divorcio? Una repentina punzada en el corazón le provocó una mueca de dolor.

–¿Estás segura de que estás bien? –Leon le puso una mano en el brazo.

Al sentir la presión de sus dedos, lo miró a la cara y notó un gesto de preocupación. ¿Sería cierto? ¿Podía estar preocupado por ella? No, a Leon nunca le había importado ninguna mujer.

–Sí, estoy bien –Helen ignoró su gesto y se acercó hasta la mesa–. Dime dónde tengo que firmar.

Hizo un esfuerzo por sonreír a Chris y tomó una pluma del escritorio.

–Siento las prisas, Helen, pero Mary y yo íbamos a salir a cenar. Ya conoces a tu marido: lo quiere todo en el momento –bromeó, mientras colocaba dos hojas delante de ella–. Estoy seguro de que Leon ya te ha puesto al corriente, pero si quieres leerlo, adelante.

–No es necesario, pero podrías repasar por mí los puntos más importantes.

¿Se trataba del divorcio? Helen miró de reojo a su marido, que se encontraba al otro lado de la habitación sirviéndose otro vaso de whisky.

–Todo está perfectamente claro –dijo Chris–. El primer punto dice que aceptas todo lo que Delia te legó. Necesitaré los datos de tu cuenta para realizar la transferencia, y lo tendrás en cinco días.

–¡Espera un momento! Eso es un error. Le dije a Leon que quería que todo pasase directamente a Nicholas –exclamó Helen.

–Lo sé, pero no quiso. Me dijo antes de Semana Santa que me cerciorase de que todo se transfería a tu nombre.

–Antes de Semana Santa, pero… –aquello no podía ser cierto, y sin embargo Helen confiaba en Chris. Y si era cierto, entonces aquel día había cometido la mayor equivocación de su vida. A pesar de tratarse de un hombre al que apenas conocía, había creído todo lo que Takis le había contado, y había condenado a Leon sin darle la oportunidad de explicarse.

Se volvió hacia Leon, que estaba apoyado en la chimenea con el vaso en la mano y una expresión inescrutable. Recapacitó sobre las doce semanas que llevaban casados y se dio cuenta de que sus prejuicios le habían condicionado todo el tiempo. Siendo franca consigo misma, se dio cuenta de que no había sido justa con Leon. Había sido un maravilloso amante y un gran padre; le había regalado unos magníficos diamantes y, lo más importante, lo que le había contado acerca de Louisa había sido verdad, aunque no fuera grato de oír.

Pero ni aun así le había concedido una pizca de crédito; en cambio, había preferido creer a un perfecto desconocido. ¿Qué era lo que había hecho?

–Tengo un poco de prisa, Helen –insistió Chris–. El otro documento es el primer paso en la adopción de Nicholas.

–No, no voy a firmar nada –afirmó, mirando de nuevo a Chris–. Yo pensaba que…

Le daba vergüenza lo que había pensado y dejó la frase inacabada.

–Como la mayoría de las mujeres, mi esposa tiene problemas para pensar con claridad –le dijo Leon a Chris mientras cruzaba la sala para situarse al lado de Helen–. Te lo he dicho antes: deja que sea yo quien piense.

Ella era increíblemente hermosa, tanto por dentro como por fuera, y estaba tan confundida; Leon sabía que la culpa era de él.

–Helen, debes firmar el primer documento para cerrar la herencia, después puedes hacer lo que quieras con el dinero. En cuanto al segundo documento, puede esperar si lo prefieres. Pero Chris no puede; tiene prisa –Leon notó el torbellino de emociones en las profundidades violeta de sus ojos. A diferencia de él, ella siempre había sido incapaz de disimular sus sentimientos.

Helen plantó su firma en ambos documentos.

–¿Por qué, Leon? –preguntó en voz baja mientras

Chris se marchaba–. ¿Por qué no me interrumpiste esta tarde? ¿Por qué no hiciste caso de lo que dije acerca de ceder todo a Nicholas? Te he juzgado terriblemente mal. No tuve ninguna confianza en ti, y ahora me siento completamente estúpida –admitió sin reparos.

–No, yo soy el estúpido –replicó él, dirigiéndole una mirada tan intensa que ella pensó que el corazón se le iba a salir del pecho–. No te hice caso porque quería que lo tuvieses todo.

–Una vez dijiste lo mismo –murmuró Helen–. Un par de semanas después de casarnos, cuando me llevaste al banco.

–Era sincero entonces y lo soy ahora –aseguró, e inclinándose hacia ella, la tomó en brazos antes de que Helen pudiera darse cuenta de lo que pasaba.

–¿Qué haces? –protestó Helen sin convicción, pasando los brazos por el cuello de Leon.

–Lo que debería haber hecho hace semanas.

La llevó hasta el sofá, la puso en su regazo y la miró intensamente a los ojos.

–Te amo –perpleja ante aquellas palabras, Helen se quedó mirándolo transfigurada.

–Yo… Tú me amas –tenía que estar soñando, o tal vez se había vuelto loca.

–Sí, Helen, te amo. Nunca pensé que el amor existiera hasta que apareciste tú.

Una sensación de esperanza recorrió todo su cuerpo. No estaba loca: Leon había pronunciado las palabras que tanto había anhelado.

–Oh, Leon, yo… –él le puso un dedo en los labios.

–No digas nada. Tengo que hacerlo ahora o puede que no vuelva a reunir el coraje suficiente para decírtelo –la interrumpió–. Te deseé desde el mismo día en que nos volvimos a encontrar en Inglaterra. Pero tenías razón, al igual que Takis en cierto sentido: mi principal motivación era teneros a ti y a Nicholas bajo mi control. Desde un punto de vista técnico, podría haber perdido la dirección de la compañía, pero eso nunca hubiera ocurrido. Algunos de los pequeños accionistas como Chris y Alex, nunca habrían votado contra mí. Pero no me gusta dejar nada al azar y cuando ofreciste ceder todo a Nicholas, me callé y me casé contigo porque me convenía –confesó de un golpe.

Helen se movió incómoda en su regazo; aquello no era lo que deseaba oír, pero los brazos de Leon la estrecharon con más fuerza.

–Entiendo que no te guste escuchar esto, pero estoy intentando ser franco, Helen. Pensé que eras una mujer astuta e interesada, pero en nuestra noche de bodas me di cuenta de que, al menos en un sentido, eras completamente inocente. Quedé impresionado, y en mi arrogancia me dije que tenía una mujer atractiva y complaciente en la cama y un heredero para seguir mis pasos. ¿Qué más podía desear un hombre?

–Eso es tan machista... –dijo Helen al tiempo que sacudía la cabeza. Al fin y al cabo, sabía que Leon nunca sería el prototipo de hombre nuevo del que hablaban continuamente las revistas.

–Lo sé, y me avergüenzo de reconocer que seguí pensando de esa forma durante algún tiempo. Me intentaba convencer a mí mismo de que el irresistible deseo de hacer el amor contigo cada vez que te miraba era sólo sexo; no podía admitir que fuese algo más.

–¿Y era más? –preguntó Helen deseosa de que le volviera a decir que la amaba, ya que apenas podía creerlo. Leon sonrió y hundió un instante los labios en su pelo.

–Creo que siempre supiste que había algo más. Como la primera vez que te dejé sola para ir a Nueva York y te compré un anillo; o cuando te estrechaba entre mis brazos y te hacía el amor; o cuando le dije a Chris que se asegurase de que tú heredabas todo lo que te pertenecía. Te amaba, pero era demasiado cobarde para confesártelo.

No había ninguna duda de la sinceridad de sus palabras. Todavía en una nube, Helen recorrió suavemente la cara de Leon con la mano. Él se la tomó y se la llevó a los labios. Ella se sentía impotente ante la suavidad de su caricia y el torrente de emociones que evocaba. Al moverse, Helen percibió la intensa erección de Leon y se movió de nuevo, ahora con afán de provocarlo.

–No hagas eso. Déjame terminar. Por fin acepté que te amaba la noche de la fiesta. Allí estaba, contigo en mis brazos, y supe que eras el centro de mi vida. Te di las gracias por haberte casado conmigo. Nunca me había sentido tan dichoso. Entonces llegó Louisa.

–Ella no importa –finalmente Helen creía en la sinceridad de Leon–. Lo único que importa es que tú me amas, y que yo te amo a ti –dijo llorando de alegría.

–Helen, no te merezco.

La besó con una reverencia y una pasión tan llena de ternura que a Helen le llegó al alma.

–¿Me amas? –preguntó Leon mirándola a los ojos con un destello de inseguridad–. ¿De verdad me amas? ¿Puedes perdonarme todo lo que te hice al principio?

–Te amo con todo mi corazón –contestó Helen sin sombra de duda. No le gustaba ver a su orgulloso marido siendo tan humilde. Bueno, tal vez por una vez sí, pensó pletórica de felicidad–. Te lo perdono todo porque te amo.

Habían sucedido tantas cosas en los últimos tres meses, tantos prejuicios y malentendidos, muchos de los cuales habían sido responsabilidad de ella.

–¿Pero tú puedes perdonarme a mí? –preguntó Helen toda seria. El pasado no podía cambiarse, pero para seguir adelante ella sabía que tenía que superar sus fantasmas–. Creo que supe que te amaba desde el día en que nos casamos. Así me lo reconocí a mí misma cuando volviste de Nueva York la última vez. Pero nunca confié en ti como debía. Pensé lo peor acerca de Louisa y creí a Takis en lugar de escucharte.

–Mientras creas en mí a partir de ahora, todo lo demás me importa un bledo –afirmó él con rotundidad. Helen soltó una carcajada. Su poderoso y arrogante marido había vuelto–. Como dije antes, confío plenamente en ti. Lo que me recuerda algo –dijo con el semblante serio mientras le pasaba la mano por el pelo–: ¿estás segura de que este embarazo es seguro y de que lo deseas? No quiero que corras el menor riesgo. Puedo vivir sin un hijo biológico, pero no puedo vivir sin ti.

–No seas tonto. Por supuesto que lo deseo, y tanto el bebé como yo estaremos bien. Sé que debes de estar preocupado porque perdiste a tu primer hijo.

–En realidad, éste será mi primer hijo. Después de años de matrimonio, pensaba que no podía tener hijos, pues Tina me dijo que ella sí era fértil. Cuando la relación ya estaba moribunda, me decidí a buscar el divorcio, pensando que Tina aprovecharía la oportunidad para tener una familia con otro hombre, pero estaba equivocado. Llevaba más de un año sin acostarme con ella cuando un día por Navidades apareció en Grecia y se metió en mi cama. Me avergüenza reconocer que en ese momento yo estaba bastante borracho, y más tarde, cuando dijo que se había quedado embarazada, no pude hacer nada al respecto. El accidente de tráfico en que se mató tuvo lugar en junio en Nueva York, y el bebé era de nueve meses, así que no había manera de que fuera mío –una sonrisa irónica se dibujó en su rostro–. La criatura sobrevivió tan sólo unas horas, y tenía un parecido extraordinario a su monitor de gimnasia afroamericano que murió en el mismo accidente.

Helen se quedó sin palabras. Era la misma sonrisa que Leon había puesto cuando ella le dijo que era estéril, y ahora sabía por qué. Aquel hombre poderoso y lleno de orgullo había sufrido el mismo dolor que ella. Helen le tomó la cabeza con las manos y le dio un beso lleno de amor.

–Ay, Helen.

Leon lanzó un pequeño gemido y la besó con mayor intensidad. A los pocos segundos, ella se encontraba en el sofá debajo de él. Su mano se deslizó por el pecho y el muslo hacia el dobladillo de la falda cuando se detuvo en seco.

–Estás embarazada; ¿podemos?

–Bueno, algunas de tus posiciones más atrevidas tal vez dejen de ser viables dentro de un tiempo, pero por ahora no hay limitaciones –aquella noche en la cama, con toda la libertad para expresar sus más profundas emociones, hicieron el amor con una pasión y una ternura que superaba con mucho sus experiencias anteriores.

Siete meses después, Leon sujetaba la mano de Helen mientras la llevaban en camilla hacia el quirófano. Parecía tan pequeña, incluso a punto de dar a luz, que estaba muerto de miedo por lo que pudiera pasar. La amaba con locura. Los últimos meses habían sido los más felices de su vida. Ella lo era todo para él, y si le ocurriese algo, se moriría. Pero no dejó traslucir sus miedos.

–No te preocupes, estoy aquí contigo.

Ella lo miró sabedora de que podía confiar en él.

–Te amo y voy a permanecer a tu lado todo el tiempo. Agárrame y estarás bien –ella le sonrió y apretó su mano con fuerza al entrar al quirófano.

El parto transcurrió sin mayores complicaciones.

–Enhorabuena, Helen, Leon, tenéis una hija preciosa –les felicitó el doctor.

–Una niña. Una hija. Nuestra hija –los ojos violeta de Helen brillaban de alegría mientras contemplaba a la bebé.

–No puedo creerlo –afirmó Leon emocionado–. Es tan bella como tú: gracias, amor mío. Juro que os amaré y os protegeré a ti, a Nicholas y a nuestra pequeña y maravillosa hija con mi vida– Helen vio que una lágrima se deslizaba por su mejilla.

–Ya lo sé, Leon. Te amo y confío en ti plenamente, y creo que podríamos poner a nuestra hija Delia. ¿Qué te parece?

–Delia… Sí, por supuesto, creo que es perfecto –dijo Leon, con el corazón lleno de amor hacia aquella pequeña, fuerte y compasiva mujer que tenía por esposa–. Al fin y al cabo, fue Delia quien nos juntó y nos dio a nuestro hijo Nicholas.

–¿Entonces por qué no vas a buscar a Nicholas y lo traes para que conozca a su hermana?

Leon esperó hasta que el doctor hubo terminado, y se quedó al lado de Helen hasta que, agotada, se quedó profundamente dormida. Entonces la besó una vez más y apartó algunos mechones de pelo de su frente.

–Descansa, amor mío, y cuando te despiertes, Nicholas, Delia y yo estaremos a tu lado, te lo prometo. Ahora y para siempre –dijo todo emocionado. Sólo entonces se fue por Nicholas.

Era un hombre con la mirada decidida, deslumbrante. Un hombre con una misión en la vida.

Bianca™

**Además de esposa…
se había convertido en su entregada amante**

Después de haber sido secuestrada por unos rebeldes, Belle Winters descubrió que el hombre que la había rescatado no era otro que Rafiq al Akhtar, príncipe soberano del reino de Q'aroum. Una vez en su exótico palacio, se enteró de que también había pagado el rescate exigido para salvarle la vida… y ahora esperaba que ella le demostrara su gratitud casándose con él.

Rafiq pretendía que Belle desempeñase sus funciones reales, tanto en público como en privado… y no tardó en conseguir que ella sucumbiera al calor del desierto y a su ardiente seducción…

**Rescatada por
un jeque**

Annie West

Acepte 2 de nuestras mejores novelas de amor GRATIS

¡Y reciba un regalo sorpresa!

Oferta especial de tiempo limitado

Rellene el cupón y envíelo a
Harlequin Reader Service®
3010 Walden Ave.
P.O. Box 1867
Buffalo, N.Y. 14240-1867

¡Sí! Por favor, envíenme 2 novelas de amor de Harlequin (1 Bianca® y 1 Deseo®) gratis, más el regalo sorpresa. Luego remítanme 4 novelas nuevas todos los meses, las cuales recibiré mucho antes de que aparezcan en librerías, y factúrenme al bajo precio de $3,24 cada una, más $0,25 por envío e impuesto de ventas, si corresponde*. Este es el precio total, y es un ahorro de casi el 20% sobre el precio de portada. !Una oferta excelente! Entiendo que el hecho de aceptar estos libros y el regalo no me obliga en forma alguna a la compra de libros adicionales. Y también que puedo devolver cualquier envío y cancelar en cualquier momento. Aún si decido no comprar ningún otro libro de Harlequin, los 2 libros gratis y el regalo sorpresa son míos para siempre.

416 LBN DU7N

Nombre y apellido	(Por favor, letra de molde)

Dirección	Apartamento No.

Ciudad	Estado	Zona postal

Esta oferta se limita a un pedido por hogar y no está disponible para los subscriptores actuales de Deseo® y Bianca®.
*Los términos y precios quedan sujetos a cambios sin aviso previo.
Impuestos de ventas aplican en N.Y.

SPN-03 ©2003 Harlequin Enterprises Limited

La candidata ideal

Margaret Way

Marissa Devlin prometió cuidar de su hermanastro después de que quedara huérfano, aunque para ello tuviera que convertirse en institutriz de la hija del duro Holt McMaster. Marissa no tardó en quedar cautivada por la pequeña… y también por el guapísimo ganadero.

Después de que en el pasado traicionaran su confianza, Holt había decidido proteger su corazón. Por eso le sorprendió tanto que le resultara tan natural vivir bajo el mismo techo que Marissa…

¿Sería posible que la nueva niñera fuera también la esposa perfecta?

Deseo™

El jefe y yo
Yvonne Lindsay

Desde su puesto de trabajo, Holly Christmas había soñado muchas veces con Connor Knight, con pasar una sola noche con el esquivo millonario y dar rienda suelta a la pasión. Por eso cuando Connor buscó refugio en sus brazos, la inocente secretaria no pudo hacer otra cosa que caer rendida.

Pero entonces, unas semanas después del encuentro clandestino, Holly recibió un inesperado regalo navideño: estaba embarazada. Connor no tardó en ofrecerse a cuidar de ella, pero Holly sabía que su escandaloso pasado le impedía aceptar la proposición del millonario... no podría hacerlo ni siquiera por el bien del bebé.

Todo ocurrió en la fiesta navideña de la empresa...